陪你一起登秦岭

沙枣树 著

北方文艺出版社

图书在版编目（CIP）数据

陪你一起登秦岭 / 沙枣树著. -- 哈尔滨 : 北方文艺出版社, 2022.11
ISBN 978-7-5317-5728-3

Ⅰ. ①陪… Ⅱ. ①沙… Ⅲ. ①游记－作品集－中国－当代 Ⅳ. ①I267.4

中国版本图书馆CIP数据核字(2022)第190943号

陪你一起登秦岭

PEINI YIQI DENGQINLING

作　者/沙枣树
责任编辑/王　爽　　特约编辑/陈长明
装帧设计/汇蓝文化

出版发行/北方文艺出版社　　邮　编/150008
发行电话/（0451）86825533　　经　销/新华书店
地　址/哈尔滨市南岗区宣庆小区1号楼　　网　址/www.bfwy.com

印　刷/济南精致印务有限公司　　开　本/880×1230　1/32
字　数/140千字　　印　张/7.125
版　次/2022年11月第1版　　印　次/2022年11月第1次印刷

书　号/ISBN978-7-5317-5728-3　　定　价/68.00元

目录

一、大美秦岭

被称为“龙脉”的秦岭 / 002
秦岭演绎春花、夏日、秋月、冬雪 / 006
月月风光有变化 / 008
去秦岭看水，悟老子真言 / 012
秦岭的石头 / 018
秦岭最美是翠华 / 023
翠华后山 / 029
楼观台寻仙访道 / 033

二、二十四节气中的秦岭

小寒，寻东坪沟最美的一棵树摄影 / 042
大寒，雪拥子午峪 / 054
立春，悠然山怀古 / 062
雨水，穿祥峪赏瀑布 / 071

惊蛰，登临蛟峪“二郎山” / 080

春分，太平峪踏青 / 086

清明，去龙泉禅寺看花 / 092

谷雨，太平森林公园赏紫荆花 / 097

立夏，五道梁山花烂漫 / 104

小满，徒步扯袍峪 / 111

芒种，游太兴山，听铁庙传说 / 117

夏至，高冠峪避暑 / 126

小暑，太白山观云海日出 / 132

大暑，抱龙峪烟雨蒙蒙 / 140

立秋，大坝沟“情人谷”情意浓 / 144

处暑，夜宿佛坪“农家乐” / 154

白露，王顺山听孝的故事 / 162

秋分，隐士“天堂”白道峪 / 171

寒露，流峪捡毛栗子 / 177

霜降，牛背梁的红叶 / 189

立冬，天竺山遇隐士 / 195

小雪，箭峪岭的雪 / 205

大雪，三寺连穿赏冬景 / 212

冬至，香积寺祈福 / 220

一、大美秦岭

被称为“龙脉”的秦岭

一方水土养一方人，一方山水养一方景致，各有各的特色。如桂林山水，江作青罗带，山如碧玉簪，有山青、水秀、洞奇、石美这“四绝”。

秦岭也有自己的特点，它巍峨绵延，被称为“龙脉”。在地理上它是中国南北方的分界线，在历史上是一道重要的军事屏障；它还是植物园、地理博物馆，以及野生动物的天堂；它承载的是天地造化的瑰伟，蕴含的是古往今来的丰盈和壮丽的人文。

我登秦岭多次，为秦岭的庞大、绵延、梁高、峪多、水清、峰秀、树翠、草茂、景秀……所叹服。

秦岭横贯东西约一千六百千米，司马迁在《史记》中写下“秦岭，天下之大阻”，便有了“秦岭”这个地名的正式文字记载。

秦岭，如同一位巨人，横卧在中华大地中央。它头枕昆仑，脚踏江淮，左手牵黄河，右手挽长江，气吞山河，心纳天地。

秦岭，恰似一条巨龙，飞腾在中华大地中央。它绵亘八百余里，故有“八百里秦川”之说。

它历史底蕴深厚，“一座秦岭山，半部中国史”，地处中原地带，华夏文明的地理、思想、政治、文化之矩在这里承载，许多古老的传说也在此发生、传承。

秦岭主峰太白山，在唐代诗人李白笔下是“西上太白峰，夕阳穷登攀。太白与我语，为我开天关”的雄峻高耸。

秦岭作为我国历史上重要的一道的军事屏障，南北双方面对这座大山往往要尽全力翻越才可统一全国。如秦王朝完成了中华统一的春秋霸业，汉王朝奠定了中国辽阔的版图，唐朝更是将世界的目光聚焦在了长安，等等，这皆是在秦岭的荫庇之下。

历史上先后有十多个王朝在此建都，与它所处的优越的地理位置有一定的联系，俗称“风水宝地”。从黄帝陵到靖陵，从天子贵胄到王公大臣，似乎所有人都相信“中华龙脉”的传说。

这是中华民族两大母亲河之间的一座山，中国北方之雄浑、南方之秀美的山水画卷以此为界徐徐展开。

我去过一些公园，树木成行，花卉盆栽，处处有设计，景景有布局，一个处所被分割多个景点，虽精巧有序，但失去了天然特色，没有气象，缺少野趣，激发不了人的灵感。观者走走停停，索然无味。

在大秦岭，我看到绿浪滔天的林海，巧夺天工的壁崖，姿态万千的山石，还有峡谷、溶洞、瀑布、深潭、庙宇……它是一幅雄奇的山水画，一座天然博物馆，一卷厚重的史册，一处天然“养生吧”。这里是一个极大的山水画廊，这里是一处绝佳的休闲天堂。

秦岭是气壮山河的集大成者，它雄奇、豁达、深邃、豪放。

你登上高高的山巅，群山连绵，山岚缭绕，苍鹰翱翔，白云悠悠，顿觉天高地阔，这才真正感受到了山的博大与壮美。你走进秦岭，坐在一棵参天老松下眺望，满山青翠，青山不老，绿水长流，山幽、水碧、云淡、风轻，这才真正感受到了森林的神奇与魅力。你坐在河边，或者走入溪水里，随便掬一捧河水，都是那样甘甜清冽。

我们爬山，有时也遇到高人隐士，据说山里隐居着数千修行的高人。我们无心插柳柳成荫，碰上了，进去讨杯热茶，听听禅道。

这里的山野，农家不少，这是融入自然的生活和天然的修行。

当地流传着这样一句谚语：“太白山上无闲草，满山遍野都是宝。”秦岭的海拔跨度四百八十米至三千米，拥有平原、丘陵、低山、中山和高山五种地貌单元，形成了一个完整的立体生态系统，适宜动植物的生长。据有关部门统计，仅陕西境内秦岭（不包括陕境巴山）区内就有种子植物三千四百多种，其中特有种子植物一百九十二种；陆生脊椎动物六百四十二种，其中兽类一百四十二种，鸟类三百三十八种；国家一级、二级保护动物八十种，两栖爬行类动物七十七种，被誉为“秦岭四宝”的大熊猫、金丝猴、朱鹮、羚牛更是家喻户晓。

秦岭就像是一个巨大的谜团，森林沟壑中、山麓间经常有崎岖蜿蜒的小路，那是古人开凿的道路，将无数人吸引来探索和考证。一条条通向秦岭深处的人行步道，将人与自然，将历史与现在，紧密地连接起来。这些小路承载了太多历史，引人遐想。可谁也无法将它的面纱完全揭开，这里面究竟会藏着什么样的不为人所知的神奇与新鲜？

在文人墨客的诗篇中，秦岭一直占有一席之地。这一山脉的神奇之处，令人充满好奇。从李白的《蜀道难》到白居易的《长恨歌》，从王维的《辋川图》到山水田园诗派，面对秦岭，文人墨客或挥笔豪放，书写秦岭的雄浑、奔放；或淡雅、内敛，挥洒自己对大美秦岭的感悟。

我每次登秦岭，进峪口，上山梁，为之惊奇，为之喜悦，为之赞叹，为之留恋。我总会抬头仰望，凝神思考，这是一座多么伟大的山！

秦岭演绎春花、夏日、秋月、冬雪

有人说只有在春暖花开、阳光明媚的时候才可以登秦岭，其实一年四季均可进秦岭爬山，不同的季节有不同的景色。

秦岭四季分明，每一个季节都会给你带来惊喜，让你流连忘返。

爬春天的山，春风柔情地吹，春雨淅沥地落，两边青山逶迤，林木森然，枝繁叶茂，枝叶将太阳遮得严严实实。田野茫茫，像给山体铺上了一层厚厚的绿棉被。春天也是一个百花盛开的季节，白的梨花、粉的桃花、红的杜鹃花、紫的紫荆花、蓝的牵牛花、黄的油菜花，还有许许多多叫不出名的花，竞相开放。一阵微风吹来，树叶沙沙作响，光影跃动，清泉叮当作响，如同世外桃源，令人心旷神怡。

夏日炎炎，热浪滚滚，降温是每时每刻最大的追求。此时，远离被“热岛效应”攻陷的都市，信步于秦岭的山水胜地，大树遮天蔽日，只有零星的阳光透过枝叶缝隙落在地面，在石阶上投下斑驳的光晕。崖边溪涧密布，芳草野花沿溪而上，鸟语蝉鸣，野趣盎然。在临溪的大树下，放上一桌一凳，沏上一杯上好的竹叶青新茶，静静呆坐，远眺则有一茅亭掩映在溪旁的古树之中，纳风藏幽。举目望去，大山青翠，万物生机勃勃。山间的泉水清澈见底，脱掉鞋袜，光脚放在溪流里，相当凉爽，烦躁顿消。

秋季是斑斓的，这是山里一年中色彩艳丽缤纷的季节。从山脚到山顶，由深绿到浅绿、浅黄、金黄、火红，层层叠叠，错落有致，与蓝天、怪石、奇松、云海相映成趣。最美不过赏枫叶。

冬天爬山，大雪纷飞，高山洁白，树木成光枝，唯美而浪漫。雪后，远山、树木、冰河都走进了童话，孕育新的春天。弯弯曲曲的小路上，光秃秃的树枝上，高高低低的屋顶上，都铺上了一床厚厚的、白白的绒被子，真成了一个粉妆玉砌的世界！

秦岭的天，蓝得清透；秦岭的云，纯白如雪；秦岭的山峦，曲线丰盈；秦岭的湖水，清澈灵秀；秦岭的山花，开得烂漫。

说真的，写到这里，忽然觉得自己的词汇极度匮乏，真的想不出更好的词来形容秦岭的雄浑与壮美。

静观默想，忽然领悟，人生不就是自然的四季吗？少年像春天，春姑娘的柔风扑面而来，万物欣欣向荣，最好不过人间四月天；青年如夏，火一般的热情洒向人间，如滔滔江水勇往直前；壮年如秋，一树火红的枫叶，光辉灿烂，志得意满，硕果累累；老年是冬天，经历了荣辱沉浮，穿越了繁华与喧嚣，最后归于素雅、淡泊、寂静。

月月风光有变化

秦岭的时光就像一本老日历。一年十二个月，二十四节气，每一个节气都记载着不同的时光，不同的故事，不同的色彩，二十四个节气穿梭在十二个月中，天地感应，山随气走，变化无穷，演绎着大美天地。

一年十二个月，月月风光都不同，可以自驾或者随着登山俱乐部去秦岭，感受风情万种的“秦岭十二个月”。

一月梅花，登东坪沟，白雪皑皑，处处都是闪亮的冰，一眼望去，玉树琼枝，洁白晶莹，犹如梨花盛开。冰雪世界在阳光的照耀下折射出五颜六色的光，晶莹的雪花把山装扮得如同仙境，平添了许多诗意，让人沉迷。

二月杏花，去悠然山，冬天还未过去，天蓝得彻底，水清得纯粹，空气十分清新。阳光懒洋洋的，并不像想象中那么寒冷，寒意中蕴藏着春意。随着春节临近，年味也更浓了，从腊月二十九开始，山口张灯结彩，各种传统活动的大幕悄然拉开，让冬日不再寂寞。

三月桃花，穿祥峪。春寒渐消，结冰的小溪一点点融化，所有动植物都振奋起来，因为秦岭终于要换新装了！云海与桃花雪相映成趣。三月的阳光温情流泻，轻盈地曼舞水袖。雪色中已挂上一轮暖阳，它有着春日阳光的和煦，有着夏日阳光的妩媚，更有着秋日阳光的灿烂，一笑是姹紫嫣红，一颦就是细雨霏霏。微风拂面，碧水微波，水天一色，把峡谷的山浸染得妩媚而温柔。柔暖的阳光透过树木，斑驳地洒在身上，人们徜徉在这美丽的画卷里，沐浴在暖阳中。盛开的桃花依偎在山坳的村庄里，浓郁的芬芳一点点渗入灵魂深处，繁花缤纷，鲜活的生命美得惊心动魄，这一片壮丽的春天。

四月蔷薇，去登山赏花。每逢暖春四月，杨柳绿了，梨花白了，杏花红了，桃花开了，鸟儿也来凑热闹。藏在山林石缝中的秀雅杜鹃、紫荆、白鹃梅等花争奇斗艳。漫山遍野里，东一簇，西一堆，一山比一山灿烂，一坡比一坡浓艳，群芳吐艳，人间最美是四月。

五月榴花，爬五道梁。五月的芬芳，沁人心脾，树影婆娑，植被繁茂。一场治愈系的旅行，绿色必然是首当其冲的颜色，清凉又舒适。赴一场杜鹃花海的盛宴，杜鹃花起于四月中旬，盛于五月上旬，陆陆续续能开放一个月。此时的高山杜鹃漫山遍野粲然绽放，蜿蜒的栈道和山路旁蔓延着芳香，荒凉的山野被披上瑰丽的外衣。红的、粉的、白的、紫的……一串串，一簇簇，压在枝头，点染了春光。满山满谷，如海浪翻腾，烂漫的春花在欢快地舞蹈。醉人的春色，令人赏心悦目。气温逐渐升高，壮观云海出现的概率更大，可以留宿山顶看日出日落，听雷听雨不如去山南听风。你也可以在某个树荫下发呆，面对汩汩流淌的溪水思考。

六月荷花，游太兴山，听铁庙的传说。郁郁葱葱的六月，仰望蔚蓝的天空，接受阳光的洗礼，置身于美丽的秦岭山巅，蓝天白云，晴空万里，绿树成荫，泉水清冽。看空中翱翔的费鸟、山上青翠的森林，五颜六色的野花肆无忌惮地开放，山间走动的牛羊悠闲自在……这时会有不计其数的人用各种方式来到这梦中的远方，寻找这一路的风景，即使你已经看过很多次，也会再次被吸引来，来了便不会再忘记。

七月葵花，上高冠峪避暑。盛夏来临，山外烈日炎炎，秦岭盛夏的平均气温只有 20 摄氏度左右，绝对是理想的避暑消夏胜地。繁花盛开，空气清爽，负氧离子丰富，那份清凉沁人心脾……站在山顶，远离城市夏日的燥热，阵阵凉风吹来，感觉无比惬意，顿觉心情舒畅，身心放松。那清新的空气，适宜的温度，悠然自得的感觉，只有你身临其境亲身体验才能体会。

八月桂花，来到大坝沟，邂逅大坝沟情人谷。朝气蓬勃的情人谷人气很旺，万物灵动舒展，向往美好爱情的人们汇聚在这里，五颜六色的衣着汇成横亘天地间的七色彩虹。他们坚信在这美好的地方，更容易邂逅自己心仪的对象，将爱升华，有情人携手走入神圣的婚姻殿堂。这里充满甜美的爱之气息。

九月菊花，登高南五台。远处的山峰似女王般巍然屹立，日出日落时，山变得金光闪闪，满目流金。 高耸的山、涓涓流水、碧蓝澄澈的天空、苍翠的树林，神秘的庙宇，历史的传说，一切妙不可言……深绿的山坡上透出一片片黄枝红叶相间、青山白雪相连的色块，秋在萌芽，一步一色，变幻无穷，美丽到让人失语。

十月芙蓉，这时绿意未退，金色未满，酷热不再，清冷未至，确是出游的好时节。天气渐凉，秦岭开启调色盘模式，各种颜色的叶子装点大山。一场秋雨过后，层林尽染，美不胜收。山迎来了“颜值巅峰”，展现出最绚烂的瞬间。金黄的树叶将这里装扮成童话世界，漫山遍野浓烈的色彩让人挪不开眼。

十一月山茶，冬游箭峪岭，万物逐渐萧条，斑斓的色彩渐次凋零。惶惑间，那份沉醉变淡变浅，时间在滴答声中变得清冷而迷茫起来。秋冬更替，深邃沉静的山也多了份厚重感。

冬日的繁华都市变得阴郁起来，雾蒙蒙的天和冰冷的空气增加了冬的萧索，而此时的秦岭却有着完全不同的气质：清爽的空气、明镜般的蓝天，幽静的丛林栈道，这些都是冬日秦岭的魅力所在。

十二月蜡梅，踏步古栈道，雪拥蓝关，瑞雪兆丰年，新年临近，也预示着一年的忙碌即将结束，人们要归于幸福的团聚。初冬的秦岭，有的雪像风一样轻，纱一样白，纷纷扬扬地铺满山头。看似清冷，少了份喧嚣，多了些静谧，显得更加深邃，更有诗意。

十二个月，十二种色彩，对的时间去对的地方，遇见最美的风景。

去秦岭看水，悟老子真言

我从小就喜欢水，到离家不远的黄河里游过“狗刨式”，在村子后边的二道湖里打过水仗，可以说是在水里玩大的。

我特喜欢“智者乐水”这句话，好像有一种生命的默契，潜藏在我平静外表下的波涛里，大概也算是慧根深厚吧。

长大了，喜欢上了大秦岭的水。

老子在终南山下之楼观台讲授的《道德经》五千字真言中有“上善若水”之说，其中有水至柔至善，“水利万物而不争”之评价。

秦岭也是中国水系南北的分水岭，北有“黄河之水天上来”之汹涌澎湃，南有“唯见长江天际流”之波涛滚滚。秦岭之水，润泽中国亿万年，孕育华夏文明，五千年之源远流长。

去秦岭看水，悟老子真言。

老子在终南山悟道，如今历史跨越千年，将时光定格在这峪岭峡谷中。峡谷曲径通幽，别有洞天，山体千姿百态，峰峦直插云天，沟中有沟，谷中有谷。

秦岭有七十二峪，岭岭有峪，峪峪有溪，溪溪有流泉。从空中俯瞰，峪和溪犹如蜘蛛网，那网的丝和线就是枝丫纵横、曲折迂回的溪流。溪沿着山根，绕着圈，因山形地势变换着方向，像是玉带。开阔地带，积水成潭，碧波荡漾，好似玉带上镶嵌碧玉；分流多叉处水浅波动，顺势奔涌，似长发飘逸，尽情挥洒，风姿妖娆，展现着灵动的美感。

盛夏入山，闲云悠悠，拾级而上，流水淙淙。溪流中漂着树叶、碎花，秋天落叶铺满石阶，黄一片，红一片，让人不忍下脚去踩。一阵风吹来，哗啦啦，搅动着落英缤纷，宛如万花筒旋转，让人觉得自己进入了一个充满生机、禅意浓浓的时光隧道。

秦岭溪流落差大，山有多高，水就有多长。秦岭高处三千米，翠华山草甸有近两千米，沿着四重山峪直落而下，泉水沿着七千米长的石壁、沟岔，从山缝中滴出，从沟底的泥石流中渗出，汇成细流，从山崖滚落。水从草根间缓缓流淌，在上下石台上跳跃。溪中的石头，挡道的树枝，似风琴的键盘，于溪水合奏着美妙的天籁之音，给空寂的山野带来生机。随着朝暮水量的不同，四季风云的变换，泉声也显示着不同，忽高忽低，时断时续，丰富地变化着——平时低声吟唱，夏天加上风声、雷声，似大自然的合唱团，极具气势。最具特色的就是九天瀑布，从上往下绕道向东，有一条窄仄的石径，大树参天，遮天蔽日，曲径通幽，好远就能听到轰鸣的水流落地声。人还未到，丝丝凉气已扑面而来。夏日炎热，爬山大汗淋漓，这时你就仿佛置身于一个清凉世界。一潭溪水碧绿，掬一捧水，凉意从指间过电似的遍及全身。水如白练，形成珠帘，凌空飞落。水呼啸着，浪花激荡着，湍流打着旋，白绸腾挪。风起时，水雾向四周弥漫，遇到阳光合适的角度，光晕成虹，近距离去摸去抓、却什么也没有。

秦岭有许多瀑布，上山下梁，突然间，一条瀑布就直飞入你的眼前。瀑布下泻，银花四溅；落入深潭，则飞滚翻腾，似银蛇狂舞，蛟龙入海。最长的瀑布达六十米之高，从高空飞泻下来，有的像天女散花，朵朵飞溅；有的似珠落玉盘，粒粒闪光；有的像一面轻绸，洁白轻盈……

最为壮观的是峡谷里的数十条清溪飞瀑，从无数面悬崖上流泻，异彩纷呈。它们像披着白纱的女子，突然出现在你的面前，衣袂款款，神采飞扬，洒下香汗点点，这是月宫里的嫦娥，还是天上的七仙女？为何会如此飘逸脱俗，娇美可人？它舞动着水袖，飘然而至，如凌波仙子，轻踏着水纹姗姗而来。那种美妙，那种绝世的清灵，你在别的地方体会不到。

瀑布之下必有深潭，数条溪水铮铮淙淙，汇入谷底的河流，河流清澈见底，百步一潭，千米一滩，碧波荡漾，卵石游鱼，直视无碍。潭水幽幽，一眼不能见底，潭潭相连，瀑瀑相接，恰到好处地自然分割。

在这样的氛围里，水对人的启迪便表现得直观通达，哲理在自然中流露，人好像悟出许多道来。溪水，面对高低不同的各种石头，你高，我便退去，绝不与挡道者争高低；你低，我便漫水涌过，绝不踩你的肩、骑你的头；你多，我便细水长流，不与你比多少，能过去就行；你硬，我柔中有刚，千年洗刷，滴水石穿；你堵，我就从缝隙中喷射而出，还能形成浪花，激起勇气；你动，我就随行，挪个地方，仍然为伴；你静，我就缓缓流淌，让时光静下来，耳鬓厮磨，静静守候；你污浊，我会洗涤你，大浪淘沙，小浪去垢。人也应当学会水的襟怀，可以淘尽悲欢，洗尽铅华，你多愁善感，我包容万物，能适应任何环境。哪怕你是悬崖，你也会助推我顺势而下，形成美丽的瀑布；哪怕你是坎，也会使我跳跃，泉水叮咚；哪怕你是深坑，我也会积水为潭，滋生鱼虾，坑越大，我的胸怀越宽广。你变化多端，我因形走势，九曲十八弯。你热，我便沸腾，绝不淹没你的热情；你冷，我便凝固，绝不畏惧你的寒冷。冰肌玉骨，不折不挠；季节变化，我也随时变化。水在石阵和曲折的沟岔流转回折，与人生的片段十分相似。一日复一日，故事在重复，生活在程式化。人经历了岁月沧桑，风霜磨炼，日月捶打，过日子会简单如水，内心平和，波澜不惊。身处红尘繁华，只是行走在平淡时光里，不理睬那些沟壑高低与纵横阡陌，躲过那些动荡不安的世事。水因地形顺势，人聚散随势，删繁就简，心始终如莲，安静绽放。

水是大地的血液，是山里蕴藏的精华，它滋养万物，造就众生。人间感谢水，天上更应赞美水，水蒸腾为雾，缠绕山间，似穿婚纱的新娘款款而来。大地上的淡淡烟雾，湿了青砖，洗了黛瓦，朦胧中有诗有词。那么，水有生命吗？万物有灵，我相信，水是有生命的。沿着翠华山草甸从上而下，遇上阴雨天，高山、沃野放开怀抱，犹如婴儿投入了母亲的怀抱，渴望着、吮吸着甘甜的乳汁。植物张开叶子，迎着微风，舞动着。立时，河川溪流饱满，植物疯长，溪流欢腾歌唱。当然，最应赞美它的，应当是农夫。好雨知时节，润物细无声。水恩泽天地，滋养万物，是有大德的，老子总结为“上善若水”。雨中，走在山间小道，会生出许多遐想、感悟。

水是美丽的，轻松的，自由的，飘逸的。我多么想像水一样幻化为雾，上升为气，变成空中万万千千的水分子，似有似无。

水是有根有源的，贾平凹在《溪流》中写道：“我常常这么想，天上的雨落在地上，或许会形成洪波，但它来自云里，溪是有根的，它凉凉地扎在山峰之下……或许，它是从石缝里一滴儿一滴儿渗出的。或许，是从小草的根下一个泡儿一个泡儿冒出来的……它一出来，便宣告了它的生命循着自己的道路要流动了。”穿行在翠华山曲径通幽的临溪林荫石道，路随溪修，溪随山流，水从岩缝间汩汩涌出，从草丛树根处咕嘟咕嘟冒着泡儿。水能适应任何环境，能包容万物，能渗透于缝隙之中，源于自然，汲日月天地精华，洗去浮尘，过滤杂质，本身却洁净。人何不洗去铅华，涤荡灵魂，心如明镜？

《道德经》中说：“天下莫柔弱于水，而攻坚强者莫之能胜，以其无以易之。弱之胜强，柔之胜刚，天下莫不知，莫能行。是以圣人云‘受国之垢，是谓社稷主；受国不祥，是谓天下王’。正言若反。”水的性质虽柔弱，其精神却极刚强。所以老子劝人要和水一般济物利人，又要和水一般坚持天道，不为人欲所屈服。“天下之至柔，驰骋天下之至坚。”柔是天道自然的表现，所以老子劝人学天道的柔去处世立身。

《道德经》精深，其实道德就在一条条溪流里，在一滴滴水中，在人生的每一个驿站中，在流淌的时光里，在拈花一笑间，在捧起一掬水的刹那间。

秦岭的石头

二十年前，我开始对石头有了一些模糊的概念。有一次，经同事介绍，我到一个石头收藏爱好者家里做客。大家饶有兴趣地看着他家的客厅、卧室、书房摆满的各种各样的石头，我连眼皮都懒得抬，正在喝茶，主人说他的这些石头能值七千万，惊得我一下子吐出舌头，把茶都喷了出来。一是这个数字说明他太富有了，那个时候我们家的存款就是十多万，真是太悬殊了；二是在我眼里，这些石头太普通了。我家住在黄河边，我小时候赶上拉黄河底沉沙造田，冬天水干枯的时候，黄河的浅滩上布满了石头，我们要掰开那些石头取沙。那些鹅卵石大的如牛，中等的如猪，小的如鸡，布满了河滩，是我们拉沙造田的障碍物，讨厌极了，谁都不会多看它一眼，更不会去收藏它。哪想到三十年河东，三十年河西，这些不起眼的“障碍物”现在竟然成了宝贝，成了收藏者花大价钱购买的珍贵收藏品。

从此以后，我就对石头上了心。节假日单位放了假，我回到老家的黄河边去捡石头，可我在好事面前总是迟到，抓不住机遇。黄河边捡石头的人比石头还多，我筛网似的搜索了好多遍，连鹅卵石的儿孙都未能幸免，几乎被人捡光了。

我家门前的石头被人捡完了，好像我家院子里的东西被人拿走了，我感到很失落。从此以后，我就多了个毛病，心里惦记着石头，眼睛爱看石头。

现在的收藏爱好者，为了满足眼和心的向往，在私家宅邸筑珍宝台，造园搭架叠石，虽方寸之间有气象，但哪里比得了真山真水。尤其是秦岭，除了珍稀动植物外，还有造山运动后经过亿万年河水冲刷、搬运、撞击，在吸收了阳光、地气、矿物元素后形成的奇石，大至百吨，小到几公斤。这是大自然赐给人类的珍宝，大自然的鬼斧神工造就了这些不可复制、不可再生的自然艺术品。

这二十多年来，我去秦岭无数次，走过三十多个峪。我感觉秦岭的石头是天下最多、最大、最有历史、最朴实无华的，也是造型最丰富的。

我到秦岭登的第一个山是翠花山，它最令人震撼的便是山崩奇观，山连着山，石排着石，仿佛是山体经受不住承载万物的巨大压力而分崩离析，化为奇形怪状的美丽石头。游览翠华山时，大家看到的那些刀削斧劈的悬崖，千奇百态的山石，都是山崩形成的。山体崩裂时向下堕落的巨石交叠、碰撞和挤压，最后固定成形态各异的石海景象，供人欣赏。

翠华山山崩遗迹总面积五点二平方千米，总体量达三亿立方米，位列世界第三位，堪称世界奇观。“中国地质地貌博物馆”的美誉，也算得上实至名归。

沿着山道进入石海景区，就像走进了一个巨大的迷宫，绕来绕去，山径忽上忽下、忽左忽右，路随石转，景随路移。一块块大石奇形怪状，奇崖异石多如牛毛。刀削斧劈的悬崖，千姿百态的山石，如练似银的瀑布，碧波荡漾的深潭，雄奇壮丽的庙宇，引人入胜的溶洞，令人神往……景点有实有虚，有明有暗，有光有色，有奇有险，巧夺天工。山顶上还有一个形似太乙真人的石像，衣袂飘飘，令游人啧啧称奇。

关于秦岭的山石，还有很多美好的神话传说，家喻户晓的故事《宝莲灯》就是代表作之一。华山西峰就是《宝莲灯》中沉香劈山救出三圣母的地方。华山西峰顶上，有一块十余丈长的巨石被截成三节，巨石旁边插着一把七尺高、三百多斤重的月牙铁斧。相传这就是当年沉香劈山救母的地方。巨石叫“斧劈石”，铁斧叫“开山斧”。沉香劈山救母的故事在民间按流传已久：天上的一位仙子三圣母，她的身份是玉皇大帝的外甥女、二郎神杨戬的亲妹妹，因为爱上了凡人刘彦昌，而触犯了天规戒律。而杨戬作为天上的司法天神，掌管的就是这一方面，即便是自己的亲妹妹，他也不能放纵。于是他亲手将妹妹压在了华山之下。三圣母和刘彦昌的孩子沉香长大后得知自己的母亲被压在华山之下，就用“开山斧”劈开了华山，救出了母亲。从此，一家三口幸福地生活在一起。

秦岭的石头有更深的历史“浸泡”。俗话说，江南的才子，北方的将，陕西的黄土埋皇上，秦岭的石头有故事。有多少帝王率兵在秦岭里厮杀，在此开疆拓土；有多少帝王在此建立行宫避暑；又有多少才子佳人曾在这条路上走过。沧桑的石头路啊，可否把你知道的传奇故事给我讲上几个？

秦岭山中最奇的还是石在水中立，水在石中流。水戏石头，石头挡水，经过亿万年的撞磕、水洗、风吹、沙磨等工序，形成了不少巧夺天工、鬼斧神工的奇石、美石。它的造型、色彩、纹理构成，状人或似物，具象或抽象，任人想象。

溪水沟也是石头滩，更是一个天然石头展览馆。盛夏到山里避暑，赤脚下水，大大小小的石头铺满沟底，光滑和不光滑的岩石遍布缓流，石头能连成纵横交错的网线。只要你伸手矫健，就能以这些石头为天然桥墩，蹦着跳着，走到对岸，也可以走向上游，直到溪水深处。越往上走，大石头越多；往下走，小石头越多，各种颜色和形状的卵石越光滑亮丽，发现奇石的机遇就越多。

秦岭的石头多得不计其数，神奇而又平凡。路是石头铺的，房是石头盖的。

上山路就是石头路，石头套着石头，石头压着石头。那是存在了万年以上的道路，或者是当地的村民发扬愚公移山的精神，用一双双灵巧的手，精心地堆砌在一起的。

石头路齐整、坚实、古朴、厚重，被岁月打磨得光滑得不能再光滑，说它是艺术品一点儿也不为过，真是世间的独特一景。

石头，各种颜色，各种形状，蕴含着各自从时光中获取的秘密艺术。秦岭的奇石，为中国历史悠久的奇石文化再添色彩。

秦岭奇石、景观石品种很多，有些普通的石头几百元一吨，有些石头则是上千元到上万元一吨，那些质、色、形、纹好的，甚至几十万、几百万元一吨。以秦岭蜡石为例，它像蜡一样，半透明状，故称为蜡石。秦岭蜡石主要分布在秦岭的周至县、眉县、陈仓、太白、牛背梁、千阳、洛南、南郑等县，尤以黑河、田峪河、耿峪河、西罗峪河、千河、褒河、洛河为主要产区之蜡石最佳。这种石头颜色丰富，有红、黄、绿、紫、白、黑、灰、青、粉等色，小到几斤，大到上百吨，异彩纷呈。

还有人特别痴迷秦岭里面的卷纹奇石。无论是远观，还是近赏，它就像经人工精心雕刻一般，给人带来别具韵味的审美享受和人生感悟。

秦岭奇石逐渐被发现，特别是周至县马召镇，在全国很有影响力。这个产业链使许多群众走上了富裕道路，受到越来越多人的关注。

秦岭最美是翠华

翠华山，原名太乙山，位于西安市南二十三千米的秦岭北脉，海拔两千一百三十二米，面积一千七百八十五公顷，传说因太乙真人在此修炼过而得名。山体大致呈南北走向，整个山体与秦岭山脉一起由一条东西向的深大断裂与北边平坦的关中平原相隔。

我夸赞翠华山，迷恋翠华山，经常去翠华山，甚至说秦岭最美是翠华，有如下原因——

一是翠华山确实很美，是秦岭风光的集大成者。俗话说黄山归来不看山，我个人的评价是翠华山归来不看其他岭和峪。“鸟语君行早，花香客去迟。沐惠风而乘轻辇，步幽径而赏新红。碧柳垂丝，融雪春风先绿岸。红杏出迎，醉人姿色正当时。众峰秀而云霓艳，平湖静而霞影滉。苍林竞秀，山雨润木醒万枝。丹水寻芳，溪风拂潭褶千层。”这些优美的诗句描写的正是翠华山的醉人美景。山青、境幽、水碧、岩险、崖峭、潭多、石奇……令人流连忘返。

二是因为它离我住的地方近，路好走，上了绕城高速，进入环山公路，一个小时即到。

三是翠华山自秦汉以来都是皇家的“上林苑”“御花园”。秦始皇在此狩猎休闲；汉武帝设立祭天道场，祭拜太乙真人；唐太宗李世民在此修建了避暑消夏行宫——秦圣宫。独特的自然景观，丰富的人文历史，使得翠华山被人们称为“三秦”旅游胜地，并以“终南独秀”和“中国地质地貌博物馆”著称于世。

四是我对翠华山有难忘的回忆。1998 年，我从黄土高坡调往西安工作，从山区来到城市，怀着对一切都新鲜的激动心情，带我女儿爬的第一座山就是翠华山。在天池消夏、纳凉，在湖畔吃烧烤、喝啤酒、看节目。这一切让孩子很高兴，一天都玩得很开心，因此，我对翠华山很有好感。

记得当年，我刚从野外回到西安工作，一家人从黄土高原迁入大城市，西安的气温开始逐步升高，我们切身感受到西安真是个火炉。“五一”假期，我们想到山里避暑散散心。那时候还没有私家车，早早起来带着孩子乘公交车出发，好心情随着车窗外的美景而不断延续，进了翠华山口才发现到处是人，买票排了半个小时的队。我女儿从庆阳山区小县城来到西安这个大城市，刚入山，槐香扑鼻而来，她惊奇地问：“这里人这么多？山这么高？地这么绿？树这么多？花这么香？”她对一切惊叹不已。

我对翠华山的第一印象是“翠”字！放眼望去，满目皆翠。

入了山，凉爽的山风，吹拂我们躁动的身心；清脆的鸟鸣，唤醒我们沉睡的内心；叮咚的溪流，撩拨我们寂静的心弦。这里和我过去生活的地方完全不一样。我和女儿都很惊奇，感到一切都很新鲜。

最大的看点还是“石头”。翠华山最著名的便是“山崩石海”景区。登山时，简直就是在山崩奇观中穿行。奇形怪状的巨石仿佛从天而降，人一下子就走入了迷宫似的巨石阵中。有的地方两块巨石挤在一起，下方仅容一人通过；有的地方，石头像被刀劈斧砍般断为两块，断裂面光滑整齐；有的地方巨石大小不一，层叠错落，形成很多孔洞……总想让人一探究竟！

拾级而上，走着走着，前方突然出现一个湖。远远望去，群山围绕着一池清水，这个池又称“太乙池”或“龙移湫”，池水面积约五万平方米。群山间镶嵌着碧绿的水潭，山峰倒映在湖中，不知名的水鸟在水面上盘旋，四周水草茂盛，美不胜收。湖水碧波荡漾，清澈如镜，纤尘不染，湖畔有树，倒映在水中。一阵微风吹来，水面泛起了圈圈涟漪，蜻蜓点水盘旋，蝴蝶追逐嬉闹。水面上有不少游人，他们穿着五颜六色的衣服，小伙子划着船，姑娘打着伞。池边的小野花开得正好，点缀其中，从侧面看过去，和水的颜色交相辉映，使得山水柔和了许多。人徜徉其中，特别清爽舒服。

我和女儿也到湖里划船，这是她第一次上船，一开始战战兢兢，很害怕，小手始终抓着我的衣服不松手。船离开岸，她吓得眼睛都闭起来了，玩了一会儿，胆子就大了起来，手伸出船体拨水，一直玩得很开心。

一路上，水流清澈的瀑布接连出现，河流洗刷着山石从人行栈道旁流过，树木葱茏，光影斑驳，的确让人感觉清凉至极。抵达相思崖瀑布前的时候，女儿指着前方说：“彩虹，好漂亮啊！”我们加快脚步走到跟前，彩虹却消失了。她感到很奇怪，我就给她讲了发生彩虹现象的原理。

鹰崖珠帘是长达一百米、高约六十米的悬崖上流着宽约十米的瀑布，飞流直下，水声震耳，气势十分壮观。

双瀑飞虹是一条人工飞瀑，内有坝高三十余米、蓄水三十七万立方的水库，秀色宜人。水库北侧，两处泄洪，形成两条落差达二十五米、宽达六米的瀑布，在山崖上分三级落下，甚是壮观。

看完瀑布，继续沿着山路走，径直去看风洞。风洞的洞口在两块高数十米、对峙的砾石间，两块砾石下边相距两米多。门前的牌子上介绍说，巨大的砾石间留下了许多幽深的缝隙，风洞和冰洞就是其中比较奇特的地方。风洞由两块巨石互相支撑，人们从这里走过时，耳边风声不断。从走入风洞开始，炎热的暑气就完全感受不到了，还有凉风吹过。风洞顶端几近相接，形成“一线天”，这“一线天”有几十米长，走过之后便进入冰洞中。冰洞里真的有冰吗？带着这样的疑问，我女儿迫不及待地钻入了冰洞。顺着山石的台阶逐渐深入，进入内洞，有的地方需弯腰低头，有的地方仅容一人且需侧身而过，有的地方干燥，有的地方湿滑。较大一些的地方还设有可供游客休息的石凳、石桌或水泥做的桌凳。走着走着，发现几块砾石上结有冰块，石头缝隙处闪着一片雪亮的光，用手摸摸，冰凉彻骨。原来冰洞里真的有冰外洞寒气侵入，胳膊上竟起了一层鸡皮疙瘩，我不由得打了个喷嚏，赶紧将背包中的外套取出，给自己和女儿穿上。

我留心观察，原来风洞是由两块巨大的砾石支撑形成的狭长缝隙，阳光照不进来，自然就凉爽了。风通过狭长的缝隙，速度变快了。

风洞确是个奇妙的所在！这里四季冰凉，真的是“千载寒冻三九地，四季冰封六月天”。

出了冰洞，继续沿着台阶向上攀登。天池东侧的玉案峰海拔1668米，如玉案耸立，颇为俊秀。当时，我爬得确实很吃力，还要不时拉女儿一把，汗流浃背。我都准备打退堂鼓了，我女儿却很坚强，倔强地一定要爬上山，我只能顺从她，咬着牙爬上去。

果真是越来越陡，没有好的体力跟毅力还真的上不去。既然来了，那就挑战一下，再艰难也要坚持登上去，一睹它的真面目。

上山的路程总是艰难困苦而又无聊的，在光秃秃的石头上行走，又热又累，心情无比焦躁烦闷，想就此放弃。穿过松林，在灌木丛中穿行而过，既要注意不被枝条刮伤脸，还要注意不被脚下疯长的野草勾住脚，更要注意脚下的碎石滑坡，也会有柳暗花明、峰回路转，突然前边豁然开朗！

后边，一个腿上戴着护膝的爬山者随口问了我一句：“你是不是不经常爬山？”

我说：“第一次到秦岭来爬山。”

他提醒道：“这山比较高，路也比较陡，戴护膝能够保护好膝盖。”

我那时年轻，第一次看到别人戴护膝，也不理解这东西的重要性。后来，我多次爬秦岭都没有戴护膝，落下了膝盖疼痛的毛病，这是后话。

山路很陡，又是上坡，走走停停，我和女儿互相鼓劲，花了近两个小时。但女儿并没有抱怨，一直像个小猴子一样蹿来蹿去，她很快乐，我也很欣慰。

终于到达山顶，景色真的壮观，那一刻，有说不出的震撼。

从山巅望下去，刚刚还觉得宽阔的天池夹在群山之间，了许多，山水成为一幅更加生动的画。仰望蓝天，觉得它就在眼前，不自主地想用手掌托住。远处也是连绵陡峭的群山，直至很远才能看到山坳里一个个小村庄。我有点不相信自己的眼睛，眼前的一切都是真实的吗？不会是幻觉吗？这么瑰丽的景色，竟然藏在这深山之中。

女儿失声尖叫：“太好看了！”她才上小学，词汇量不大，也没有去过很多地方，看到眼前的景色，一下就惊呆了。

顺着原路返回，到天池时已经是黄昏，夕阳的余晖，给山的周围涂上一层金黄，湖面也闪着金光，别提有多瑰丽了。

翠华后山

翠华山中有多条路线，其中后山道路依山根而修，坡缓路宽，且依溪水，夏天凉爽，秋有落叶，冬天有冰雪。有了水，草木长得茂盛，很适合徒步。我与这山结下了深厚的缘分，总是忍不住说去就去。从 2000 年至 2004 年，我每年都买年票，把登山作为锻炼身体的重要方式。这已经是我和朋友们周末必做的功课，只要天气晴朗，我们便相约去翠华山后山爬山，几乎每周都去。

入山口有一个五亩左右的杏园，每年五月份去，可摘到山杏，杏子又大又甜。

翠华山后山峰青峦秀，山套着山，远近高低各不同，沿岸绿树红叶，很有特点。人但凡来到此地，就顿感心旷神怡。

这后山到高山草甸有五六千米，海拔两千米，来回三个小时。

游步道皆由鹅卵石、木条铺成，逢水过溪，由铁索搭桥，显得淳朴自然。

拾级而上，群山怀抱着山溪，道路依山傍溪，峡谷内水流淙淙，潺潺溪水顺着山根的走势而行，时而缓缓流淌，时而跌宕起伏。水流声似喃喃低语，语调轻柔舒缓，十分悦耳。

平缓处往往积水成潭，若是在夏季，定让人忍不住要去掬水嬉闹。在众多瀑布中，要数“九天瀑布”最为壮观，水流从高高的悬崖上直泻龙潭，有着夺人心魄的宏伟气势。

山坡上树杂草密，蜻蜓、蝴蝶、小松鼠这些小精灵狂欢着，显露着自己的快乐；还有野猪、刺猬、獾和蛇，最好别碰上它们。

从沟口沿着溪涧旁的一条新筑的石阶小径蜿蜒而上，忽然感到一股凉气沁人心肺，不久便听到山泉滑落拍击山石的声响。绕过一片绿树，看见不远处一片大石崖上的几条水银玉瀑飞泻直下，落入潭中。顿时，潭中波涛翻滚，犹如绿池里盛开了莲花。那莲花喷珠吐雾，神奇地滑落在潭边，未等人们看明白，迅速从光滑的巨石上溜下，因为日久天长，那巨石已被冲出了“槽”。这岂不正是“柔能克刚”这一哲理的极好表现吗？爬上一龙潭顶，这里距沟口千米，沟开始由窄变宽。从溪涧旁的一个大山梁上向右跋涉，在山梁的另一侧，便看到绿树奇形怪状地缠绕、拥抱在一起。特别是潭顶那粗壮弯曲的古榕树和老黄龙木，树皮干裂，如龙蛇鳞甲。

山路不是太陡，一路有水相伴，溪流一段宽，一段窄，曲曲弯弯，深浅不一。水边的树根上长了绿苔。

沿着木桥拾级而上，慢慢地，潭水越来越多，水也越来越清澈。葫芦潭的大葫芦卧在潭水中央，葫芦倒放着，葫芦口哗哗地流着清水。

登陡阶，历悬崖，令人望而生畏。过了许多水潭，到了山的分岔口，通过一个窄窄的木桥，可以去登高山草地。往左边拐，上一段铁梯，可以到山洼里的瀑布。

我们一般在这里休息片刻，喝水，吃点东西，坐在大石头上看景。天高云淡，山高云低，那种旷达，无可比拟。山道崎岖，向远处凝视，天与地的分界是一条柔婉优雅的曲线。看落叶纷飞，听鸟儿欢唱，所有世俗的陈迹都消失得无踪无迹，心就静了，全身的每个毛孔都在畅快地呼吸。

过了木桥，山越来越高，潺潺的水声已听不见了，只剩下了高树浓荫，虫叫鸟鸣，人也越来越少，很静谧。

穿行在繁茂的松林里的羊肠小道，林高草密。山泉流过的路面，泥泞不堪。踩在湿滑的野草上，还需留心滑倒。

山路变得弯弯绕绕，曲曲折折，穿梭在灌木林里，缓缓爬升，倒还不觉得太累……

路边红彤彤的野山楂挂满树枝。茂密的松树上，松塔低垂，摘一颗松塔，坏了，手又油又黏，用湿巾才勉强擦个大概。算了，不粘手就行了。其实，经过日晒之后，这层油腻之物晒没了，松塔的壳也就张开了。

生长在高海拔的龙胆草，蓝色的花瓣，奇特的造型，让人觉得新奇！

来到一线天，要登五百级左右的台阶，这是最陡的地方。两边都是陡峭的高山，中间夹着一条细长的小道，到了山口，一线通一个风口，这里的风一年四季都没停过。

爬到顶，出透了两次汗，浑身都觉得清爽。

来到了草坪上，山顶平缓，到处都是绿油油的草。在这片鲜绿的草地之上，还有一片蔚蓝的天空，铺上隔潮垫，或坐或躺在上面，喝着茶，打着牌，聊着天……若有闲情逸致，一路上收集一幅又一幅温暖的画面，用清丽的文字精心铺展，用心灵书写，人生还有何求？每一天的日出、蓝天、白云、百花、斜风、细雨、晨曦、清露，都让人欣喜。

楼观台寻仙访道

有朋自远方来，不亦乐乎。好朋友张总夫妻和曹大哥一行，从昆明来到西安。朋友相聚，非常高兴，握手寒暄，吃饭喝酒，这些俗套都不足以表达久别相逢的欢喜之情。

要来点特别有意义的活动，我们决定去终南山。

《陕西志》记载古人了对楼观的评价：“关中河山百二，以终南为最胜；终南千峰耸翠，以楼观为最佳。”现在去，一是秋深了，山上红的红，黄的黄，绿的绿，五颜六色，正是赏心悦目的时候；二是可以到楼观台，拜访高人，听经养心，修身养性，陶冶情操；三是终南山有许多美丽的传说，这些传说给它蒙上一层神秘色彩，使得它更加令人向往，那里的一草一木都令人刮目相看；四是可以品尝当地的小吃美食。

起了个大早，七点钟从宾馆出发，一路上阴雨连绵，一滴滴，打在车身上，撞在玻璃上，秋意萧瑟，担心天暗看不见山。

汽车下了高速，八点多到了楼观台山道，路边有一家粥棚，据说粥是用五谷杂粮做的，文火慢慢熬煮，配上当地的小菜，味道不错。停车进了这个农家小院，没有烟火，冰锅冷灶，女主人抱歉地解释：“阴雨天，进山的人不多，没有多少人吃饭，就没有熬粥。”

牵头的老曹是个风风火火的人，从不拖泥带水，临时决定，先进楼观台，后吃饭，边走还爽快麻利地告诉女主人做哪些菜，半小时后再吃。

缭绕的阴雨，使群山犹如海市蜃楼一般，忽隐忽现，变幻多端，这里藏着一个仙境。

上山的路上，我想起了一首诗：“松下问童子，言师采药去。只在此山中，云深不知处。”我们在这样的天气，会不会也扫兴而归?

进了山，入了庙门，远远地看到任法融道长，他须发皆白、衣袂飘飘，面目慈祥，和蔼可亲，在小院的石桌旁坐着，正与几个人聊着。我们来得正是时候，与高人不期而遇。

真是机缘巧合！近几年楼观台知名度越来越大，真可谓“山不在高，有仙则名。水不在深，有龙则灵”。这座虽不高的山，因仙人老子而“灵”，因任道长的大名而“高”。任道长的社会活动很多，拜访他的人络绎不绝，但一般很难见上。

终南山很大，一个峪口接着一个峪口，一个山梁挨着一个山梁，大得无边无际。远方的来客坐几个小时的车，还要攀上一段山路，山高林深，寻访高人确实不容易。这次见山遇高人，进门迎喜，也是我们精诚所至，金石为开。

小任道长先迎接了我们，我们入室而坐，地上铺满了墨宝，我们一张张欣赏。过了一会儿，任道长进了屋子。我仔细地看他，与我从前见到的他一样，仙风道骨，精神矍铄，没有多大变化，真让人羡慕。

我们一行九人都想求得他的墨宝，递给他一张纸条，上边写着每人想求的字，他也不推辞，挥毫疾书，写下了“上善若水”“厚德载物”“厚积薄发”等横幅。

我们起身告别：“谢谢任道长，辛苦了！”

任道长客气送我们到门前，与大家合影留念，作揖而别，我们抱拳表示谢意。

张总夫妇是生意人，留下来继续与任道长攀谈，想获得一些事业上的指点。

趁着等人的时间，我们去了竹园，沿着小道上山，四周的茂竹莽莽苍苍，浓淡相间，让人有进入仙境之感。中途立一石，上书“毛竹是一种多年生的高大乔木，广泛分布于中亚热带，在海拔八百米以下的丘陵最多，适于气候温暖、土壤肥沃、排水良好的环境”。竹子亭亭玉立，翠波荡漾。其间夹杂着其他植物，构成了高低不同的绿屏，与不远处山上的各种各样的树，以它们蓬勃的生命力，组成了一个生机盎然的森林。有书赞曰：“峦峰叠翠，古木参天。更兼幽壑林泉，青筠泛涛，独具天然园林风韵。至若晨昏夕月，暮霭烟岚，云出高岫，雨霁夕阳，蔚成万千气象。其四时也，春则山花烂漫，细柳摇金；夏则浓荫蔽日，石径生凉；秋则纤云弄巧，红叶醉霜；冬则苍山负雪，疏林缀玉。”

庭院式的竹林建筑是竹里馆，竹里馆是化女泉景区的一个重要组成部分，名字来源于取自王维的诗《竹里馆》。化女泉和竹里馆相结合，为游客营造出幽静唯美的氛围，让人流连忘返。

竹子嫩得出水，没有一点杂色，是那种由表及里，深入骨髓的绿。竹子节节拔高，细瘦如剑，直指天空，给人积极向上的正能量。竹子团团簇拥，抱团而生，似乎也喜欢群居，很团结和谐。它们吸收天地之精华，不分大小、高低，平等自。青翠的叶子黄了，那就迅速落了，变作肥料，投入新生，更多的新叶正在悄然萌发；老了，那就枯死吧，没有痛苦和遗憾，新的竹笋正蕴蓄着成长的力量。难怪历代文人墨客愿与竹子为伍，甚至发出“宁可食无肉，不可居无竹”的感叹。

顺着山坡逶迤向上，竹林的青翠越来越浓，路在竹影中若隐若现。空气中夹着潮气，裹着雾气，让人似在仙界。竹园山体圆润，石径小道多的三十级，少的几步而过，大家说说笑笑，很快就上来了。这期间，我走在前面，回头抓拍了不少照片。看着满山的翠绿，呼吸着纯净的空气，不知不觉就到了山顶。稀稀落落的小雨，像是细心的园丁精心浇灌着这些植物。我们上山的人，举着不同颜色的伞，穿着五颜六色的衣服，穿梭在茂密的竹林，使山生动了起来，使绿色被衬托得醒目。

我在想，人到了一定年龄，一定的境界，可以什么都不想要，只想过一种简单而清静无为的生活，在云中，在松下，在翠竹里，在尘世外。望着蓝天，靠着山水，几把茅草围屋，一块菜地，四面朽木篱笆，一篱菊花，一本书，一支笔，一杯清茶，想着，写着，也会很幸福。

身被绿包围，心被绿染透，流水潺潺，清静、安宁、无忧无虑。这是一种从里到外的自然沐浴，是人与自然的一次默契沟通。可惜，美好是短暂的，电话来了，要下山集合，我依依不舍地走下去。我一个凡人，还是要回到灯红酒绿的城市，回到挤满谋生者的狭小天地里。再次回头，看着山，望着竹，一种感恩、一种悲悯、一种解脱、一种释然、一种欢畅，泉水般从心头漫向全身。

回头下山，吃过早饭，再回头上山，参观“道教祖庭”楼观台。这是我国古代伟大的思想家老子讲说《道德经》之地。相传周大夫尹喜因涉览山水，于雍州终南山周至县神就乡闻仙里结草为楼，精思至道。因以其楼观星望气，故号其宅为楼观。后来老子骑青牛入函谷关，收尹喜为徒，讲经说道。

在导游的带领下，我们一行人到了观门。这几年，楼观台的建设规模扩大，从平面图上可见，终南山古楼观景区内的建筑依山势而建，总体布局形成“一条轴线、九进院落、十大殿堂”。整个景区是由一组建筑群及景观轴线贯穿而成的，空间序列层次感丰富，整个景区看起来金顶朱柱，雕梁画栋，色彩鲜艳，气势恢宏。

道观的两扇红色大门大开着，一鼎大香炉正对着大门，香炉里插着十几炷高香，有的刚点燃，有的燃了半截。大殿是一色的灰瓦青砖，紫红的院墙，绿色的琉璃瓦，斗大的描金匾额横挂在殿前，上题“楼观台”三个大字。每道门的红漆柱子上都有一副楹联，表达着不同的自然和人生哲学。我喜欢看对联，每每看见都认真审视。

诗仙李白曾道：“紫气东来说经台，道观银杏梭椤开。炼丹炉在七天外，上善池中神水来。” 我们一行来到天下第一福地池。福地池是石栏结构，平面呈蝙蝠形状，乌龟头为古物，锈蚀严重。池底的金蟾造型线条流畅，很有艺术价值。石龟吐水，终年不竭。旁边有著名书法家赵孟頫的亲笔题字“上善池”，字体古朴大方，气势恢宏，令人称赞。

到了楼观的核心景区——说经台，这里是传说中老子讲授道德五千言的地方。历代修缮扩建，现有殿堂一百四十六间，占地一点一八万平方米。观内有古银杏、侧柏、榔榆、榉树、青檀、珊瑚朴、黄连木、皂角等古树。

楼观台现在还存有历代古树名木三百六十七株，其中千年以上古树十六株，具有重要的观赏、保护和研究价值。说经台门前有一棵八百一十年的银杏树，树高二十八米，主干上寄生一株桑树，人称“银杏抱桑”。它和老子手植的银杏树遥相呼应，形成了楼观台独具特色的古木景观。老子亲手植的银杏树龄已近两千六百年，树径约三米，它冠如华盖，枝若虬龙，满身沧桑。

道院内有碑石一百七十多块，还有名人诗词字画一百五十余篇（幅）。台上建有老子祠，祠内有《道经》碑、《德经》碑、响石等文物古迹。

我看《道德经》，忘了时间，掉了队。读完经抬头一看，身边没有一个熟人，我三步并作两步走进观内，进了大殿。蒲团上坐着一位极瘦的老道士，他嘴里低声读着什么，我也听不清楚。我来到后殿，终于找到他们了。

讲解员指着道观后的一面墙上用彩砖绘制的地图，说道教有三十六洞天、七十二福地之说，楼观台乃“第一福地”。终南山像个开屏的孔雀，讲经台是孔雀头，后边的两座山，左边立着高大的老子立身像，右边是炼丹峰，再往后是九条山脉，既像孔雀开屏，又如九龙归一。这里分布着宗圣观（宫）遗址、尹喜观星楼、秦始皇清庙、汉武帝望仙宫、大秦寺塔、老子墓等著名景观，又有炼丹炉、吕祖洞、十老洞、迎阳洞、老子词、栖真亭、元始台、上善池、化女泉、延生观、吾老洞、王母宫、西楼观等文化古迹及遗址。

经讲解员这么一说，真是这样，看山如孔雀，山脉如磅礴大气的长龙。再仔细看，山还是山，只不过是被后人演绎了，有了故事。

老子所谓的“人法地，地法天，天法道，道法自然”，也是在与大自然的这种交流中感悟到的吗？千年的胡杨最美，万年的磐石最硬。千万年的风吹日晒，是大自然的一颦一笑。一尊尊惊世名雕，无不因为撷取了大自然的神韵而长久流传；又因为圣人的到来而充满了灵气，有浪漫情怀的人有意歌之画之，便达成了永恒的美。

二、二十四节气中的秦岭

小寒，寻东坪沟最美的一棵树摄影

元旦过后两天，天气预报里说全国降温，西安也迎来了最寒冷的时候。我扭头看向窗外，想寻找冬的精灵——雪，却看不到一片飘落的雪花，满眼是灰暗的天空，灰色的雾霭重重地压在城市上，心里一点也不透亮，心头的雾霭更重。

好久没有爬山了，关节锈了，该伸展舒缓一下了。打开手机，“驴友”发来了早晨的问候，心里感到暖暖的，他还发来了几十张登山的照片。其中有一张照片上，一棵树孤零零地矗立在冰天雪地中，有极强的视觉冲击感，吸引了我的注意力。天空的蓝，由浅入深，越看越蓝，越看越深邃，越看越生出遐想。在这宽广的蓝色幕布下，是茫茫的雪原，银装素裹，一片素净。白色的大地上矗立着一棵树，枝干简洁，线条疏朗。雾凇如出自上苍的画笔，白雪包裹着枝杈，冰花晶莹剔透，白得素净，白得摄人心魄，衬托得天空也净了、蓝了、素了……一棵树，轮廓被勾勒得美轮美奂，边缘裁剪的比例恰到好处，简单中蕴含着大美，自然中表现着神韵，朴实中凸显着华丽，如一个纯情的少女，单纯、清新、脱俗，给人耳目一新的感觉，确实是巧夺天工的自然杰作。这幅照片构图奇巧，采用了照相用减法、绘画用加法的特技，一个深蓝色的天空背景，一个白色的大地元素，一棵树的单元主题，色调反差大，简单的画面表现出深刻的内容，画面有冲击感，有油画一样的效果，是难得的佳作。

我出神地看了半个小时，发信息问金先生和杨先生："这张照片是在哪里拍摄的？"

杨先生回信说："这棵树在东坪沟的高山草甸。本周末赶上冬至，登山者俱乐部组织东坪沟登山，路线是U形穿越，全程十五千米，海拔两千五百五十米，适合我这样的年龄和体力。"我听后欣然报名。

清晨六点半，文俐向导带车接上我们"大喘气小组"一行七人。这是个漂亮的姑娘，她热情大方，很有组织能力。她招呼大家自我介绍，相互认识，唱歌活跃气氛。车在雾霭沉沉的古城里穿行，我睡眼惺忪，思维处于混沌之中，身体随着车身慢慢地摇晃。这样灰暗的天色，这样死气沉沉的城市，我一点也活跃不起来。过了一个多小时，进入山区，路上的积雪越来越厚，冰碴越来越多，车沿着弯弯曲曲的山路忽上忽下地颠簸。上坡时，车喘着粗气，如老牛缓慢地爬行；遇到急转弯，车身左右摇摆地扭秧歌，我都头晕了。

走了两个多小时，到了目的地，下车看到石头上刻着"秦岭分水岭"五个大字，这里位于沣峪内三十二千米处，海拔两千米，是黄河、长江两大水系的分水岭，是地理上的南北分界线，我过去听说过，到这里还是第一次。单从地理学的角度来说，也是不虚此行。

下了车，一共十六个人，清一色着羽绒服和冲锋衣，脚穿登山鞋，套着冰爪，装备很扎眼。只有一个女士穿着大红棉袄，像个新娘子，长腿上套着尼龙袜，腿显得细长，立刻就有人议论："真是'美丽冻人'啊！"

分水岭上东坪沟的路口砌着一道矮墙，里边又拉着一道铁丝网，千回百转地盘结着，把入口锁住。

冬天关门，我们逢人便问上山的路怎么走。路过的村民劝我们："这个山高得很啊，夏天开山，冬天关门，春夏才会有人上山玩。冬天大雪封山，人迹罕至，当地人称为封山。现在山里不营业了，山上冰雪还没融化，上面也没有住宿吃饭的地方，只有黑熊、野牛等野兽，危险得很，你们咋去得成？"

是啊！抬头观望，山孤独地端坐在那里，处于休眠状态，毫无生气。

听了这话，有人打了退堂鼓，说："这些当地人了解这里的情况，咱不能做这种有危险的事，不能冒这个险啊！"

领队拿出地图和导航设备，指点着入山的路径，画着进入这个口的最佳路线。

跟着"驴友"团队上山好多次了，每次走的路线都是"野路子"，没有人为修筑的道路台阶，山高、路险、原始、自然，正因为这样，才充满了挑战，才更具魅力。

分水岭下的鸡窝子是我们徒步开始的地方。从海拔一千五百米的鸡窝子村，走进美丽的松林，道宽广，长满了红松，更多的是密密麻麻的箭竹。树木间隙和草丛稀疏处是山民蹚过的羊肠小道。我们一行十六人，脚上套着冰爪，穿着冲锋衣，拄着登山杖，一字排开，艰难爬行。前几天下过雪，地上铺着一层毛茸茸的雪，没有人的脚印，也没有山里小动物的脚印，我们是昨天下雪后第一波拨山的人。

山上氤氲着一团寒气，寒气透过厚厚的羽绒服钻进脖子里，我缩着头打了个冷战。脚踩在雪上，软绵绵的，比地毯更富有弹性。旷野小村寂静得有点不食人间烟火。再过一个山头，竟然还飘着雪花。雪突然厚了，有的地方表面上一样平展，踩下去足有一尺多深。我们深一脚、浅一脚地走着，雪总往鞋里灌，登山鞋冻得硬邦邦的，很不舒服。

雪把一切能够覆盖的东西都覆盖起来，山林一片素洁，世界只剩下一种颜色，山岭变成了粉妆玉砌的世界。

在被雪覆盖的山梁上徒步一个多小时，杨领队和几个年轻人面不改色气不喘，我却开始喘上了，身上已有了汗。一个我不认识的中年妇女过来搭讪："才出发，你就喘成这样了，以后要多爬山多锻炼，体质就会越来越好。"我也开玩笑说："我们的俱乐部名字就叫'大喘气'，爬山的目的就是喘气、出汗、锻炼身体。"身边的几个人听了哈哈大笑。

出发前，特意加了些装备。有了上次爬箭峪岭的经验，这次我特意穿了加厚羊毛袜子和长筒登山靴，鞋底扣着冰爪，隔雪又御寒，头上戴着抓绒帽。同行的程女士见了，打趣说："你全副武装，有经验啊。”我说：“上次去箭峪岭，手冻得通红，脚冻得失去了知觉，全身都麻木了，那次教训太深刻了。”看她穿着红色的对襟棉袄，腿上套着长长的尼龙袜，头上戴着雪白的带毛的大帽子，活脱脱像个大白兔，我在心里感叹：真是年轻啊，为了美不怕冻，嘴上却对她说：“小孩子屁股三把火，你虽然不是小孩，但还年轻，两把火还是可以有的。”她朝我努努嘴，扮个鬼脸，笑嘻嘻地超过我，往前走了。

翻过一个山头，我们拂掉一块大石头上的积雪，坐下来歇息。前方的路上有一片矮矮的林子，这里的树大多都长不大，除了个别几棵大树外，大部分都是杂木，小的只有胳膊粗细，大的有腿粗。有的路段疯长的灌木过于密，我们就直接用手扒拉个缝隙钻过去，或者另开新路斜插通过。

大山肃穆，行走其中，有种与世隔绝的感觉，心里慌慌的，我憋了一口气，中气十足地喊了起来，给自己壮胆，“喔喔”声回荡在山谷，震得枝头上的雪簌簌而下。嘴张得太大，冷飕飕的空气呛得我肺腑生凉。接着，不远处传来其他人的喊声，算是对我的回应。山高路远，七拐八拐的羊肠小道上，人已经走散了，前面一伙四五个人，后面散落着三五人的小队伍。我落单了，前后不见行人，唯有雪地上一行脚印，给我指引着前进的方向。

转过一个山坡的时候，我看到有几个房子，这些房子已经破败不堪了，门窗都坏了。

海拔已上升到近两千米。山顶除了松树，到处都生长着箭竹，它浑身长满枝叶，是做扫帚的好原料。山民们过去生活困难，就上山砍这种竹子，回家做扫帚。

过一个小山口，两边怪石耸立，仅容一人通过，我抬头看着天，太阳不见了，聚集着厚厚的阴霾，呼啸的北风吹过来，眼睛都睁不开。过了这里，路上的积雪更深，树冠上也覆盖着白雪，我拿出另外一个登山杖，双杖并用，小心翼翼地踩着积雪攀登，脚下发出咔嚓咔嚓的脆响。终于爬到垭口，其中的艰辛只有自己知道。大雾弥漫，树上还掉着雪渣子，远方的山忽隐忽现，有蓝天白云，肯定看不到照片中蓝天白云下大雪覆盖的那棵美丽的树了。

掉队的我，四周没有人，也没有小动物，特别寂静。天空灰暗，阴沉沉的，地上的厚雪，踩上去只有轻微的吱吱声，似小动物躲在暗处吃着松果，抬脚落脚都让人感觉处处有牙齿在咀嚼，这加深了我的恐惧。

我正感到孤独和寒冷的时候，又上来了一个长得很漂亮的中年妇女，她看我一个人在休息，关切地说："不能坐得太久，否则身上的热气下去了，会越来越冷，越来越懒得动身，掉队就惨了。"她拿下自己的水壶，倒了一杯热咖啡给我喝，我这个时候也顾不上什么脸面了，拿起杯子一饮而尽，身上顿时来了一股热量。她又拿起我的不锈钢水壶说："这个装水的重东西，我帮你拿上。"我说："这多不好意思，一个大男人让一个女人照顾，给你添麻烦了。"她说："我经常爬山，体力好着呢。我们再加把劲，冲上这个山顶拐个弯，就能看见那棵树了。"

我只好跟着她走。路上聊天，得知她的微信名叫“银子”。我们俩挤在齐人高的箭竹丛里，箭竹的枝条冻得硬柴似的，僵直地竖着，尖刺如箭，横着的枝条挡着路，如架在头顶的千万利刃，打在脸上生疼。我捂紧了帽子，戴上了头巾，遮挡着脸面。我用登山杖拨开阻挡的草丛，叶子上的雪飞溅而下，腾起一片白雾。我们身上粘着雪粒和冰碴，彩色冲锋衣上闪烁着奇异的瑰丽光泽。雪掉到脖子里，冰凉冰凉的，凉意深入脊髓。

中午时分，终于登上草甸，大家都在这里候着，我终于和大部队会合了。草甸的雪很厚，山风刺骨。一条峡谷直通茂密的森林，东边竹林密布，西边山峰巍峨。离山顶还有大概三百米，一个拐弯，突然有人惊叫：“哇！这里太美了！”我顺着喊声将目光投过去，果然，满目莹白，莹白的山岭，莹白的树，莹白的草，一时间，我们恍若置身于童话世界。竹枝被冰雪包着，缀着小冰粒，通体晶莹剔透，似玉美人，明眸皓齿，一身素衣，配着霜花，把人带入梦幻。竹箭头上，片片霜花绽放，成为一片白色的花的海洋，以纯美的底色震撼人的眼球。我敢说，今天看到的场景远远超越了电影里的唯美镜头，巧夺天工，大气磅礴，不可人为布置。大家都惊叹不已，啧啧称奇。银子惊喜地说道：“太美了，这里已经不是人间了，是仙境！”小程也跟着说：“这是只有神仙才能享受的地方。”我跟她俩打趣道：“是仙境没错，就差仙女了。仙境配美女，这里有你们几个美女，才能更有趣。”大家都笑了。

旁边一位先生介绍了雾凇地成因，一位美女惊讶地说：“我要抓一把雾，在手上开冰花。”她伸出手，要抓那似有似无的雾气，不用说，那是徒劳的，什么也抓不着。我不禁感叹，大自然真是神奇，它具有最精巧的设计、最绚丽的画笔，造就无限的景物，带给人间万千美景。我在欣赏中感谢大自然的恩赐，在赞美中感受着心灵的愉悦。

我用手指轻轻抚摸着箭竹，光洁滑腻，如一件珍贵漂亮的瓷器，用手轻轻一弹，便掉下了许多小冰粒。我觉得它被冰裹着，一定很冷，我在心里说：帮你瘦瘦身吧！我伸手将它摇一摇，扑簌簌掉下一串冰粒，冰粒落入草丛中，发出玻璃杯相撞的悦耳脆响，只是一瞬间，一切又归于寂静。美好的东西都是不容易生成的，都是奇特的。这样的美景，可遇而不可求，只应天上有，不应留人间。当然了，美的东西也是短暂的，生命力是脆弱的，一场风可以吹灭了它，一场大雪可以覆盖了它，一次天晴日暖可以融化了它。

我们欣赏它，赞美它，想留住它。我们一行人的脚步再也挪不动了，拿出手机，摆好姿势，咔嚓声不绝于耳。照片拍了一张又一张，有些人还是不舍得离去，逗留了一个多小时。

我从不同角度用手机拍了一些照片，遗憾的是没有带上专业相机，没能用更好的设备、更专业的技术，将这绝美的雪景记录下来，可是又一想，背着那么重的东西，我还能上来吗?

杨领队给我拍照时说：“你今天戴的帽子很漂亮，身上穿的装备很带劲，你看这照片，显得你很英俊。”我听了沾沾自喜，心里琢磨，怪不得好几个人跟我搭讪。

天太冷，原地不动，有几个人冻得呵着手，不住地跺脚。冻得受不了，我说要活动活动了，继续爬山。

山里一片炫目的白，我踩着大家上山的脚印，在雪窝里往上爬，年龄大了，一步一恓惶，显得很费力。

前面的领队逢春身体好，这么深的雪也挡不住他有力的步伐，他拿着登山杖，一路踏得雪末飞扬。他说："老林，抓着我的登山杖，我拉你往上走。"

我连说话的力气都没了，摇了摇手，表示谢绝。

峰顶的朝天场，海拔两千六百多米，到达时正好是十二点多。我们埋锅做饭，休息一下。向导带了个火枫牌的炉子，支在雪地上，加入矿泉水，红红的火苗子在雪窝子里呼呼地着了起来，水很快就烧开了，加入小酥肉丸子、木耳、蘑菇、豆腐皮。每个人都带了些好吃的，从包里掏出了卤牛肉、烧鸡、板鸭、煮鸡蛋……后上来的文俐还带了三文鱼，花样不少，大家围在呼呼冒着热气的锅炉前吃火锅。小陈感叹道："爬山最惬意的时刻就是大家围坐在一起吃火锅、喝酒、聊天。"另外一位男士补充道："这时吃饭体现了一种协作精神，自带美食，奉献给大家，自力更生，丰衣足食。"

小程夸赞向导带的姜汁可乐好喝："想得很周到！在这冰天雪地里，大家喝上两杯姜汁可乐，全身都热了啊！夏天又带冰镇杨梅水，天热得要死，喝上两杯，真是凉爽到心里了！"

我倒了一杯姜汁可乐，趁热喝下去，一股热流从喉咙直冲到肚子里，浑身立刻热了起来。

吃完饭，我还没有休息好，几个美女已经迫不及待地要寻找那棵最美的树，去照相。匆匆收拾完吃饭午休的营地后，我们又匆匆上路了。箭竹密密麻麻，撕扯在一起，道路越来越窄了，宽的地方有三十厘米左右，窄的地方只能落下一只脚，真是名副其实的“一线天”，手脚并用才能前行。下山的道路更加艰难，没有经过人为修筑，没有台阶，很陡峭，地上又湿滑，套着冰爪还打滑，不时有人滑倒，一屁股坐在地上。有的地方老树横着倒在地上，挡住去路，我们要么低头，要么弯腰，要么爬行，要么侧身，才能通过。这些路段把人逼成了猴子，人人走得狼狈不堪。

前面，小程和银子两个美女的身影在山路上一前一后地移动。雪花飘飘飘洒洒，小程脑后的一条长长的马尾辫，随着她的步伐在身后左右摆动。银子头顶上用红布扎成蝴蝶结，如一朵鲜艳的玫瑰，照亮了那片灰白的天空。

海拔两千六百七十五米的“朝天躺”是攀登的最高点，下午四点多，我们在这里邂逅大美秦岭。我们看着向北而躺的巍峨山峰，俯瞰着蜿蜒的秦岭主山梁，也许只有站立在秦岭之巅，才可以感受那份难以言表的澎湃与激荡。

远处是西万公路对面的鹿角梁与光头山，秦岭第三高峰冰晶顶也依稀可见，崎岖的山间徒步小道让观景的次数变少。回程的车辆在等待，而我们依然在回味站立于秦岭山巅听风的美妙感觉。

又走了一个多小时，在弯弯曲曲的山道上披荆斩棘，走过了近两千米，来到东坪沟高山草甸的一个开阔地段，向导指着前面那棵树说：“就是那棵树。”大家惊呼一声，欢呼雀跃地跑了过去。在适合照相的地方，女人永远比男人激动，比男人积极，比男人洒脱、奔放、热情……

几个女人急切地排队，靠近，摆姿势。她们或倚着树凝视前方，或抬头望着树上的冰花，和树忘情地交流，或怀抱树枝，仿佛靠在恋人的怀抱，或作侠女状，拿起登山杖直指天空，恨不能笑傲江湖……各有各的姿势，各有各的造型，与自然协调，与那棵树默契。看这幅照片，宽广的雪域为背景，一棵银装素裹的“玉树”，一个身着红色冲锋衣、长发披肩的美女，很有美感。男人倒有些矜持，扭扭捏捏，摆出的动作很不自然，拍出的效果也不理想。我还没有上场，仔细观察着这棵树，碗口粗的树干，歪歪曲曲，向上挣扎，露着伤疤，虽然细小，却显沧桑。树头向右弯曲的两个枝子，弧度优美。第一个枝子上又生出了两个向左的枝条，左右对称，比例均匀，如人为修饰的盆景一样，造型非常美。我非常佩服第一个发现这棵树的摄影师，他具有独特的眼光，能捕捉美的瞬间，创作出最好的作品。

正在我欣赏和愣神之际，旁边一个女子脱下红色的羽绒服，穿着单薄的红色裙子，飘然而至。她很瘦，嘴唇抹得红红的，露着白皙的脖子和肩部，贴身的裙子让她显得越发娉娉婷婷，如落入凡尘的仙子。她坐在雪地上倚着树，起身靠着树，双臂环绕着树，围着树，望着树，似乎与树合为一体。大家的手机都对准了她，拍个不停。这时，另一个穿红衣服的女子也上前，两人手拉手，如一对蝴蝶翩翩起舞。两个女人如两朵争奇斗艳的花，将那棵“玉树”装扮得格外妖娆。“快拍！别冻感冒了！”其中一个女子的朋友催促她快点拍完，去把衣服穿上。她的姿势慢慢地僵硬起来，脸冻得发紫，只好去穿上了衣服。

我看了大家拍的照片，眼前依旧是白茫茫的一片，没有深蓝色的天空，缺少蓝色和白色的反差，色调就显得呆板，那棵树好像失去了灵魂，与前几天晴天时拍的照片没法比，这也是一个遗憾。

拍完照，我给雪山和那棵美丽的树鞠了个躬，感谢美丽的雪山，感谢美丽的树。我爬了大半天的山，锻炼了身体，欣赏了美，很有收获和成就感。

已经下午四点半了，山上太冷，下山的路还远，考虑到安全因素，我们决定早点下山，原路返回。下山的路是一个U形回转，从东坪沟下，坡度比较大，斜展顺滑，基本上是一个天然的滑雪场，可是我们没有带滑雪的装备。上山容易下山难，我双手拄着登山杖，一步一步慢慢下，途中滑倒五次。

小心翼翼地走了三个小时，上了公路，又坐了三个多小时的车，大巴已经到离家不远的地方了，我和大家挥手告别，下车回家。明天是新的一天，也是此生最年轻的一天。

大寒，雪拥子午峪

从东坪沟回来后，美丽的雪景给大家留下了深刻的印象，不少人很留恋，准备爬第二次、第三次、第四次……“大喘气”俱乐部根据大家的要求，决定再次爬雪山。可是也有人不愿意走回头路，领队研究了几条路线，认为去看子午峪的雪景比较合适。理由是山上有积雪，很多地方的路不好走，而子午峪有古道，相对比较平坦，是一条轻松安全的徒步路线。

我查看了一些资料，子午峪是秦岭北坡七十二峪之一，在西安市长安区子午镇后，是唐时去巴蜀的交通要道，与厚珍子的傥洛道和宝鸡的嘉陵道等齐名。当年给杨贵妃进贡的荔枝便是从此道运送过来的。“一骑红尘妃子笑，无人知是荔枝来。”“荔枝道”也成了它的别称。看来这条道不但适合徒步，也满足了我考证研究古文化的爱好。我欣然参团，跟随他们出发。

八个人自驾两辆车，伴着舒缓的民谣，看着白雪覆盖在路上，伸向群山，宛如行驶在童话世界中。

到子午峪，车子可以停在公路两边。我们研究徒步路线，有三条路线，最终选了适合看雪景又安全的那条路线，即子午峪口－岱顶－小五台－子午峪，全程不到七千米，徒步七个小时。

我们一行八人在领队的带领下，开始向着金仙观进发。这一路都是平坦小道，行进了一会儿就见雪了，脚下的山石逐渐覆上了白色，林木萧条，看不见一点绿。寒风呼呼地刮着，裹挟着片片雪花，把一切能够覆盖的东西都覆盖起来，世界只剩下一种颜色。进入峪口不久，可以看到一座石桥，传说是左宗棠捐建的。再往上走，发现河上有一座石砌的龙王庙，据说可以在此祈求风调雨顺。不远处是“慈善桥”。

一开始能看到一些游客，后来就了无人迹了。远远看去，只觉得雪山绵延，万物如同笼罩在朦胧的雾霭中。此刻走近了，抬头都看不见天，第一眼看到的是山石，再往上就是雪的颜色，再上面就看不清了。

这个季节爬山，已寻不出山道，路滑很危险，我们在山沟循着古道前进。这是千百年前，在生产力还不发达的情况下，古人利用自己的智慧，依据多年的山村生活经验发现的道路，是用双脚蹚出来的路，适合步行和攀爬。

通往金仙观的道路两旁有不少古道遗迹。不远处的山口，一块巨石横亘在面前，后面便是金仙观。我坐在庙外的石阶上，仰头望远山，青峰如壁立；低头观山道，我们一行人的脚印很醒目，千里冰封，万物肃静。

路边的山弯处也许是古人们的休憩场所，兵马的补给站，客商的集散地，文人骚客的游乐场。越走越深，却寻不到栈道的遗迹，山脚下有滚下来的石头，也许我们的祖先就曾经在上面小憩。大雪覆盖下的山道披着神秘的面纱，我依稀看到老子骑过的青牛在秦岭山中慢行……

参观完金仙观，就可以向着小五台进发了。其实从子午峪就可以望见小五台，看起来不远的距离，爬起来还是需要一段时间的。我们一路磕磕碰碰，在雪中连滚带爬前行，风卷着雪粒摔在人的脸上，如针刺般冰冷生疼，这里的温度很快就会降到零下十几摄氏度。在雪中跋涉很耗费体力。我们路过一个小村庄，里面有十几户人家。这里在千年前，也许有古老的村落，村里飘着酒旗，肩挑背扛的行者，以及那一拨又一拨来来去去的骡马在这里歇脚。我似乎闻到了酒香，看到了老板娘迎客，憨厚质朴的店小二跑堂，听到了牲口的嘶鸣声、旅人们的喧闹声、喝酒划拳的行令声此起彼伏，一派繁荣景象。

现在这里也有几户人家在经营“农家乐”，如果是春、夏、秋三季，累了可以在此休息就餐，也可以添加一些水。我想坐下来休息，领队说我们在金仙观刚休息过，走了没多远，再说现在“农家乐”也没营业，还是要一鼓作气登上前面的山。

通往岱顶的徒步入口有一棵树，树叶掉光了，显得毫无生机。旁边有一条人们踩出来的路，露出了土和枯枝烂叶，看来冬天爬山的人还不少。

沿着大家踩出的土路前行，虽然爬升的幅度不大，但不一会儿就气喘吁吁了。我们每个人身上至少有将近有二十斤的负重，包里装着速干内衣、水果、零食、午饭和保温杯，登山鞋加冰爪有四五斤重，身上的冲锋衣也很沉。领队的装备更齐全，里边多了一大桶水，还有锅碗瓢盆和炉子，五十升容量的包鼓鼓囊囊的。我很佩服他的好体力。他在前面开路，我们跟着在山石间穿梭，眼前是一条上山的石阶小路，蜿蜒曲折，隐在密林之间。雪更深了，满眼只能看到衰败的树木和白雪。四周一片幽静，不时有寒风吹来，但我身上燥热地出汗了。

干枯的树枝遍布雪地，踩上去吱呀作响。雪越来越大，天空黑压压的，一片浑浊，我顿觉累了，眼睫毛上结了霜，呵出的气变成了雾。

行至山腰，有两户人家成了大家歇脚的最佳场所。原地休息十分钟，我喝了几口热茶，吃了一把豌豆，嚼了两片巧克力，又撕开一袋牛肉干，猛咬了几口，身上有了点热量和力量。

穿过农家的后院，继续向岱顶攀登。我们争取在半小时内登上这座雪山，路边的荆棘丛中几颗不知名的红豆在风中摇来晃去。小吴要绕过去摘，领队生气地大声呵斥了她：“你看这雪多厚，路旁是空的，被雪虚掩着，你看不清下面的虚实。雪层下面有些地方埋着枯枝烂叶，早就让雪水融空了，你一不小心就会踩空掉下去。而且山坡的陡坎极深，人掉进悬崖，枯枝戳，石头碰，轻则皮破肉烂，重则粉身碎骨，你不要命了？”看小吴回来，他又对大家说，“你们一定跟着我走，不要踩空掉下去。我知道山道的危险，每年爬山都有失踪的、摔死的。尤其是冬天，雪中行走，如果遇到浅的雪窟窿，充其量是湿了腿脚，拔出来就算了，但如果遇到深的雪窟窿，一不小心掉进去，周边的雪跟着往下滑，就只能等着被活埋，救援队来了都找不到地方。”

走过一道较为平坦的山梁后，终于到达岱顶。太激动了，白茫茫的山峦密集地交织着，雾凇美轮美奂，我们似乎来到了天宫。莫辜负这好时光，几个年轻人在雪地上躺一会儿，玩一会儿，打雪球，堆大雪人，跌倒就爬起，再跌倒，再爬起……他们沾了一身雪，也成了雪人，与周围的颜色融在一起。我年龄大了，没有什么激情，坐着观察四周的景致，到处都被雪覆盖。山顶盘亘着枯死的老树，粗重的树干将雪阻隔，使得下面的岩石裸露出来，只有那块地方露出青灰色的石头，因此在雪地里非常醒目。雪花装扮着一切，有的雪花喜欢褐色，便落在了枯枝上，掩盖了衰败；有的雪花喜欢黄色，便落在了大地上，覆盖了荒凉；有的雪花喜欢黑色，便落在了幽暗的松枝上，撑起了硕大的白色蘑菇；有的雪花喜欢大气磅礴，便覆盖了山峦，雪片似云烟轻轻飘拂，群山银装素裹，连绵如琼楼玉宇。片片霜花绽放在向上伸起的树枝上，如白色的糖葫芦，美不胜收。

不一会儿，凌厉的风裹着雪团打在脸上，身上的热气消退，寒冷的风钻进衣服，浸透了张开的毛孔，冻得我瑟瑟发抖，过了一会儿，没有了刚才的疼痛，皮肤似乎已经失去了知觉，在冰天雪地中麻木了。我朗诵着韩愈的诗句“云横秦岭家何在，雪拥蓝关马不前”，想当初，他骑着一匹瘦马，是否也在这样的古道上，顶着刺骨寒风，冒着大雪，在深及马膝的雪地里踽踽前行？

站在山巅，如站在历史画布的一角，子午道就在我们脚下，俯视群山，有一种“一览众山小”的成就感。古栈道的魅力在于它的历史，无数风流人物横刀跃马，纵横捭阖，抑或潇洒长歌。

从岱顶继续向上，坡度渐陡，不久就到达了“小五台”。东西两侧山峦起伏，中间沟谷断壁对峙，呈南北走向，横卧其趾，由南往北渐次抬升，山峡珠联，恰如一条腾飞的翼龙。

沿着山道，越走越深，许多地方寻不到古道，没有发现石阶，更没有木梯。想当年，走南闯北的旅人、商队，来这里吟诗作对的文人墨客，快马加鞭运送荔枝的驿人，还有那千军万马的铁蹄，在这里谱写着历史，如今却被千年的风霜磨灭，看来世界上的任何事都没有永远，都在变化之中。这里只留下三个字“子午道”。看凝重的松、枯死的草、飘散的枯叶，除了风，静穆得仿佛走进了另一个世界，远离了城市马路上车水马龙的嘈杂，市场上的讨价还价的市侩，灯红酒绿中的争名夺利、尔虞我诈。隔着一座山，如隔着一个世界，心境如深秋的天空，湛蓝而明净。

领队说，这里的地貌起伏很大，看着小五台不远，但一路攀山，一会儿上坡，一会儿拐弯，其实要走上好一段。如他所料，我们又在山上穿行了一个半小时才到达小五台。

这个雪沟很大，雪沟对面就是上山的路，更加难行，但那不是我们的目的地，我们要绕着雪沟走，走到山对面去。

这里的雪经过一个冬天的堆积，一层压一层，脚踩下去，雪一下子吞了膝盖。裤脚早已经被雪打湿，登山鞋四周结着冰疙瘩，好沉好沉。每个人都很吃力，呼哧呼哧喘着粗气，刚开始还能看到前方的路，到后来就只能踩着前面的人的脚印前行，似乎连抬头的力气也没有了。我整个人身体发僵，冻得脑子都有些糊涂了，也不知前进了多久，腿肚子开始打战，实在是撑不住了，只能停在原地缓口气，没过几分钟就掉队了。一种恐惧感戳着我的心，我大声呼喊领队，他回过头来把我拉上去。

进入冰雪路段，走得更加艰辛，这里的雪融了化，化了冻，冻了上面再覆雪，慢慢变成了白色的雪夹冰，再深一点的地方就变成了蔚蓝色的坚冰。而这一段路，就是最难的冰雪路，比起最初那种过了膝盖的厚雪层，这里的雪表层不厚，下面却是坚冰，容易打滑，每踩一脚，就发出咔嚓咔嚓的声音。我追随着大家的脚步麻木地走着。没多久，前方带路的领队停下来，说："可以在这里歇一歇。"我这才发现，我们已经到了五道梁。

走完五道梁，用了一个小时。我们来到子午台顶休息，带的水已经喝完，人也很疲惫。

同行的小郜是年轻人，我佩服他能在这样的雪地里健步如飞，把我们远远抛在后面。我告诉自己一定不能落下。我吃了两块巧克力糖，爬上第三座山梁时，腿软得没了力气。

登上小五台，山梁上四面八方都有小路，几乎一条路通向一座小庙或茅草屋。小五台和上面的寺庙都很小，在上面却可以远眺西安和终南美景。我们到庙里的小卖部买水喝，庙里的师父很自豪地告诉我们，这里的寺庙历史悠久，可以追溯到隋唐时期，庙宇的木头已经发黑陈旧，似乎在告诉大家老师父所言不虚。寺院后边的卫生间很特别，仿佛是悬崖峭壁边伸出的一块水泥板。如厕时，有一种凌空的感觉，够刺激。

我们稍作休息就下山了。俗话说“上山容易下山难”，下山的时候一定要慢慢走。这一路上碰见最多的是各种小庙，有名的有玉皇阁、三圣殿等，当然还有很多不知名的小庙和茅草屋，也不知道里面住着何方神圣，不过听当地人讲，有些人已经在此隐居很久了。

下山的路虽然陡峭，但比上山时轻松多了，很快就到了一个村庄。雪中的村庄淡然而清远。这个村子是附近有名的“农家乐村”和“小康村”，大多数人家都住在小洋楼里。

山脚的雪沟下是一条极细小的溪流，水仿佛是从地上冒出来的，半截被雪覆盖，半截裸露在阳光下，一会儿又钻进雪里，藏头露尾。

活动结来了，几个小时的跋山涉雪，一山一景，真是一份美好的记忆！

立春，悠然山怀古

入冬很久了，小雪已过，云终日黏在头顶，人们已经有半个月没有见到太阳了。古都一冬无雪，只是灰蒙蒙的冷，没有一点朝气和暖意，人也就没有精神。

清晨，推开门的一瞬间，清冷的空气挟裹着温润的气息习习而来，张开嘴深深地吸上几口，新鲜的空气顿时让我清醒了许多。

透过窗子看外面，空中稀稀落落地飘着雪，树梢被染白了，地面有白霜，但无积雪，原来今天的新鲜空气是小雪带来的。

我出了门，在院子走了两圈，狠狠地吸了一阵好空气，身体舒畅了许多，回到屋子里看书。看到“秦岭腹地寻悠然，海棠深处觅逍遥”，突然产生了去悠闲一下的冲动。前几天律师界的几个朋友就约着爬山，只是没有选定目标，我把这个想法通过电话告诉了大家，得到了一致认可。

七个人开着两辆车，从西安绕城高速公路到西汉高速公路，出高速后沿着盘山公路弯弯绕绕地来到了悠然山高山湿地景区门口。

大家一致同意来悠然山，是因为“悠然山”这个名字，让我们想起了“采菊东篱下，悠然见南山”。陶渊明厌倦了官场，摆脱了世俗，在东篱之下采摘菊花，悠然间，忽见那远处的南山映入眼帘，这是多么美好的田园生活。

今天，我们追寻古人的足迹，来到这个“悠然山”，不知是不是当年陶公采菊时看到的那座山，那就进去走一走，考证一下吧。

进了山区，看不到下雪的迹象，十里不同天，山里下雪的时候城里不下，城里飘雪花的时候山里却全无雪迹。这条路像一条绵长的金丝带，弯弯绕绕地向群山进发。

车子来到一条石砌的长阶前，停了下来，我们沿着石径徒步而上，很快来到景区门口。和其他旅游区一样，悠然山景区经过开发，修了大门，铺了道路，停着摆渡观光车。我进了很多峪，爬了很多山，大都千篇一律，使大山缺少了个性，彰显不出自己的特色。秦岭拆除违章建筑，保护中华龙脉，这是应当的。但是景区没有特色的建设和过度开发，也是对秦岭的一种破坏吧。

昔日，秦岭是一个苍莽而浩渺的大山，是一个人迹罕至的地方，带给人无限的神秘感，令人敬畏。人们能走近它，但很难深入它，无法窥到它的全貌。现在高速公路在接近它，环山公路在绕着它，国道在穿越它，违建道在蹂躏着它，各种各样的路无疑为人们走进秦岭提供了更多便利，但是过度开发也揭掉了它神秘的面纱。

灰暗的天空下，地上的野草枯黄，树叶被风零星卷起。冬天的山是肃穆的，树枝光秃秃的，枯叶一片片从树上落下来，显得没有生机。

我们坐着观光车，来到了第一个景区百鸟园。光秃秃的树干上，有许多鸟雀呆若木鸡，像雕塑一样紧缩在树枝上。天气寒冷，鸟儿也失去了活力。有些游客抓一把小米放在手里，鸟立刻飞上来拥挤抢食，小脑袋磕头似的点个不停。张律师买了两袋鸟食，往我们每人手里倒了一些，鸟呼啦啦地飞了过来。这里的鸟已经失去了野性，不怕人，还有那调皮胆大的，直接飞到人身上，站在人的肩膀和胳膊上。这些小精灵给落寞的大山增添了生机，给游人带来了一丝丝温暖。

曹律师穿着花色毛衣，在喂鸟时引来了几只孔雀。它们高傲地昂着头，拖着长长的尾巴悠闲地来了。曹律师兴奋地迎上去，伸开手把剩余的几粒米送给孔雀吃，孔雀躲闪着不理她。曹律师不甘心地继续靠近，想抚摸它们漂亮的羽毛，它们却被吓得扭头就跑，迅速进了笼舍。曹律师撵上去，手里拿着鸟食，嘴里学着鸟叫声，却引不出来。

秦律师爱开玩笑，对曹律师笑着说："这公孔雀对你的女性美没有兴趣，它只对你的花衣裳感兴趣，哈哈……"

还不到十点，虽没下雪，但天色阴沉，树的枝枝杈杈杈把天地的间隙塞得满满当当。风呼啸而来，到了树林被遮挡，带着轻微的呼啸声，片片金黄在枝杈间翻转摇曳。风无情地卷着叶，呼啸着离去，带着一丝苍凉。

这样的天气，丝毫不影响大家登山的兴趣。曹律师犹如一只兴奋的小山雀，走在秦律师前面，不是蹦跳几下，就是扯起嗓子对着高山唱几句山歌，或者问我：“林总，你会唱山歌吗？”我摇摇头，红着脸说：“不太会。我从小就五音不全，唱不好。”曹律师笑着说：“唱歌呢，关键不在于唱得好不好，而在于表达自己的情感。”秦律师倒是大方，直接插话说：“我也唱得不好，但是喜欢唱。我俩唱一个吧。”曹律师将手做成喇叭状，对着高山唱起来：“阿哥阿哥莫害羞，阿妹装你在心头。阿哥是高山梧桐树，阿妹是树上凤凰鸟……”秦律师应和着：“阿哥阿哥我不害羞，阿妹阿妹你莫发愁。阿哥梧桐高又大，专等阿妹凤凰鸟……”大家便鼓掌边笑。走到一个陡坎前，秦律师说，“来，一个高坡，我拉你一下。”他用力一拽，将曹律师拉了上来。曹律师说声谢谢，秦律师大声唱了句：“拉着妹妹的手，还要亲你的口。”

大家哄笑，曹律师脸红了，说道：“你们真坏啊。”“你该感到幸福才对啊，有人想拉你的手，说明你美啊。”秦律师调皮地回敬道。

我们继续前行，踩着积雪的小路，来到了山的上方，

上山需经过一段陡坡，要攀爬崖壁，越石阶，钻石缝，揪藤蔓，加之路滑，我们每走一步都小心翼翼，胆战心惊。小朱拉着他的爱人的手小心通过，秦律师也伸出援助之手，想帮助曹律师，曹律师有了上次被人笑的尴尬和窘迫，甩着手表示拒绝。

陆主任跟在他俩身后，开玩笑道："不让拉，那就背上吧。"

秦律师回过头对曹律师笑着说："爬山太寂寞了，这样沉默着走，好没意思，我给大家表演个猪八戒背媳妇吧。"

曹律师装作生气的样子说："那就回你的高老庄，去找你的媳妇背吧！想占本美女的便宜，没门。"

"你看你说的！背着你，我受累，你舒服，是你占本帅哥的便宜，怎么是我占你的便宜呢？"

你别说，这样一来，气氛真的活跃了，大家也没感觉累，就通过了这一段难走的路。

海棠林是悠然山必看的景色之一。据说夏天高大的海棠树成片，白色的海棠花和翠绿的树叶密密匝匝，遮挡住阳光，可惜现在感受不到。

一阵风刮来，一棵高高的、光秃秃的海棠树上，一个老鸦巢孤零零地立在上面。看到我们过来，乌鸦从巢里飞出，扇动着翅膀从我们头顶划过。秦律师捡起地上的石子，向乌鸦扔去，石子连乌鸦的影子都没追上，在空中划出一条优美的弧线，落在地里发出"咚"一声，却惊扰得一个老鼠跑出来，贼眉鼠眼地观察了我们一眼，"刺溜"不见了。

快到山顶了，天空中飘着大片的雪，雪打在树叶上，发出响亮的声音。曹律师只穿了薄薄的羊毛衫。女人们为了显示自己的身材，在这么冷的天也穿得很少。"美丽冻人"在城里还可以应付，在这高山上，她不住地跺脚，小脸冻得通红。雪被风吹进了衣领，一贴身就化成了水，冰冷冰冷的。我看曹律师冻得够呛，从包里拿出一件抓绒服递给她，她非常感激地说谢谢。

秦律师受了感染，从包里拿出一瓶青稞酒，对大家说，每人喝一盅，身上暖和暖和。平时不喝酒的我也接过他递来的塑料杯喝了一口，高度酒冲得我的心一下子热了。曹律师也许是冷了，也端过杯子连着喝了两口。我不言不语地跟着扬起脖子“牛饮”了一杯，全身筋骨都被酒烧得麻酥酥的。

我独立于树下，将衣服裹紧，捡起几片落叶，认真地观察着。这落叶，被风霜雨雪浸染，痕迹一笔一笔刻在身上，苦涩渗透于脉络里，如风烛残年的老年人。人的一生也不过如此，像这落叶，终归要化为泥土。也许是天气不晴朗的缘故，也许是冬天的寒冷还没有过去，也许是我在流年中撑扎，我触景生情，为它们伤感。我没有将手里的落叶扔掉，准备拿回来夹在书里，将落叶珍藏，就像珍藏曾经的回忆。看着这树叶，就可以读懂自然的规律和人生的真谛。

悠然山的另一个特色是拥有大片的湿地。湿地中央那由青石板搭成的小路弯弯曲曲，伸向树林深处。小路两旁留着去年长成的芦苇，干黄的枯叶纠缠着，密密麻麻地拥挤着，像是列队欢迎我们的到来。

小道上有石桌石凳供人小憩，桌面斑斑驳驳，不知它经历了多少寒暑，又有多少人在这里驻足过？万物有灵，它为游客提供了方便，这能否为它结下善缘呢？来生，它必成一棵树或草，享受阳光雨露，享受山林惯有的清幽。透过阴沉的天色鸟瞰山下，山下的房子若隐若现，已腾起的炊烟将天空涂抹成灰色。

已经是中午时分了，我们也该吃饭了。

陆主任是我们的领队和组织者，他发现了一堆篝火的痕迹。地上有明显的一堆灰烬，周围还有剩下的食物包装，看样子，不久前有人在这里歇过脚。看这些食物包装的数量，要么是停了很久，要么是人很多。他选好了烧烤的位置，拿出背来的炉灶，调试了几次，却打不着火。检查来，检查去，发现是没电了。这前不着村，后不着店的，可如何是好？陆主任的野外生存经验很丰富，他另寻了一个开阔平整的地方，搬来石头，三个石头支个灶。

“你们把蔬菜、蛋、火腿肠、羊肉串都准备好，我们四个男人去捡柴火。”陆主任对两个女人发号施令。

寒冬已久，山上到处是枯枝烂叶，我们很快就捡了一堆干树枝。我们选的地方四处空旷，没树没草，也不会担心发生火灾。柴火烧着，太阳也挤出了云层，露出了淡淡的光辉。也许因为是柴火烧着了，再加上太阳露了脸，一下子暖和了，大家积极地烧着饭菜，热热闹闹，气氛很欢乐。

火腿肠在柴火上嗞嗞地冒着油，很快就烧好了。陆主任给我们每人一串，说：“趁热吃，热着吃驱寒，肚子饱了不想家，也有力量爬山。吃好了，我们还要往上面爬呢，风景还在里面。”

爬了两个多小时的山，大家早就饿得肚子咕咕叫了。尤其是在这寒冷的天气里，能量消耗得很快。

七个人围着火堆，吃着火腿肠，闻着烤羊肉串的香味，感受着熊熊火焰送来的温暖，喝着秦律师带来的青稞酒，有点篝火晚会的味道。饭菜虽然简单，但这种野炊的形式很有氛围，还能提升大家的兴致。一路上，看着这阴沉沉的天气，山里的雪将下又不下的样子，我还有点压抑。加之满山枯黄的落叶，我有感而发，由落叶想到人生，多少有点悲凉。现在，红红的火苗，浓浓的香味，大家的欢声笑语，让我的情绪如冲破了厚厚云层的太阳，一下子发出光辉。我吃得津津有味，话也多了起来。

看着这其乐融融的场景，我决定用手机给大家拍照留念。这一路上，虽然没有陶渊明采菊看南山的悠然乐趣，但我们爬山、逗鸟、唱歌、野炊，有另外一番情趣。

空旷的山野、寂静的密林，我听着鸟鸣，看着芦苇，又想起陶公的诗。是啊，在这美妙的世外桃源，什么高官厚禄、权位名利都不值一提，没有什么比融入自然更舒畅。陶渊明当年厌恶了官场，一方篱笆围起了一个世外桃源，茅房土屋，种菊养花，寻的是那种与世隔绝的清静，这代表了当时士大夫的一种心态。现在也有不少人追随陶公的脚步，来到终南山隐居。而更多的人来到秦岭看山、爬山，并不是想逃离社会，也不厌恶红尘，只是在假期来观光，这是一种休息，也是一种锻炼身体的方式。

爬山的过程中，有时走得慢一些，有时走得快一些，有时停下来休息一下，有时你超过我，有时我超过你，有人赏景，有人唱歌，有人照相，有时大家一起坐下来聊聊。

山很高，但挡不住人们的脚步，因为人的理想更高，理想会把脚步带上去。登山者总是能够站在更高的山顶，人的脚步比山高。

山路崎岖，岔路又多，你只要坚持，就能爬到你想去的山峰上。在坚持中，有“山重水复疑无路”的困惑，又有“柳暗花明又一村”的喜悦。

爬山累，但你只要坚持，就会登顶，即使那座山峰不那么雄伟，但至少你战胜了自己，看到了和他人不一样的风景。即使没有他人那么辉煌，你也拥有了独一无二的人生。

雨水，穿祥峪赏瀑布

古人将雨水节气分为三候，一候獭祭鱼，二候鸿雁来，三候草木萌动。李渔在《闲情偶记·春季行乐之法》中说“花可熟观，鸟可倾听，山川云物之胜可以纵游”。雨水时节，春意缱绻，暖律潜催，幽谷暄和，不妨迎春踏青游玩。

登山俱乐部发来信息，鼓励大家去爬山。

我居住的小区，二月兰柔若无物的花瓣在春风中摆动，说明春天来了。

我动心了，决定随“悦野俱乐部”的钢妹穿越祥峪，赏高冠瀑布。

我稍作收拾，简衣素囊，轻快出发。面包车里坐了十二个人，五颜六色的登山包塞满了过道，空间显得局促。车轮一路碾压着倒春寒的冷气，欢愉地穿过古城，进入山道，轻尘摇曳，我还没反应过来，车已停在几排凌乱的房子前，祥峪入口近在眼前。

春节刚过不久，冬春交替，走在入山的石板道上，残雪已消融，裸露的是周边萧索的田地和荒芜的村子。用“黎明前的黑暗”来形容初春的状态再合适不过。

一行人顺着山道行走。山路边屋宇潦草地散落着，四围萧索，我正为没有养眼的景物而提不起兴趣，前面一座大山毫无预兆地映入眼帘，山体厚重，颜色灰暗，树的枯枝和落叶铺了一地。

沿着北面的山路爬到山顶，山顶会有到各个地方的小岔路，我们的目标是穿祥峪，不走大路，从小路穿过去，这样距离短了很多。这一路走得慌。山体表面是松软的腐土，夹杂着枯草，因为没有绿色而显得枯败、死寂。我们循着松树间的小路往山腰上爬，刚入山，道路还好走些，有前人踩踏过的痕迹，还有落脚之处；转过一个山道，几条小路要么杂草丛生，要么连方向都不好分辨。向导拿着地图，摸索着找方向，嘴里念叨着：“从北面山顶过去，还要爬两座山。”前面的四五个人突然停滞不前，回头问钢妹：“是不是走错了，没有道路了？”我抬头一看，一块高大的岩石山体突兀而起，有百十米高，就是山中的精灵岩羊也爬不过去。大家用探询的目光看着钢妹，心中疑惑她是不是领错路了。小曹看着钢妹拿的那鸡爪样的涂鸦地图，说：“这都啥跟啥，破图。”钢妹急走几步，来到前边，看了看四周的地形，说：“很久以前从左手边的山体攀爬过，好久没有走过这条道了，现在路上没有人的踪迹，只能往上爬了。”话音未落，有两个三十多岁的小伙子躬身往上爬，很快就滑下来了。这时，一位拄着龙头拐杖的七十多岁的老者边观察边说：“从这个斜坡抓着树枝爬。”大家照办，艰难地越过了第一道土坎。越往上，道路越窄，藤蔓荒草淹没了山坡，树枝乱糟糟地交错着，成了网。

阳光被枝叶蛮横地遮拦，惊叫着四处逃逸，箭镞般从枝叶缝隙中射向地面。大家小心翼翼，用登山杖拨开杂草乱枝，解开挂在衣服和登山包上的荆棘，艰难而又狼狈，走了一段人迹罕至的“野路子”。不过野也有野的好处，这样能够体验真正的野外探险。野路子也有野路子的景致，走过这条道路的老“驴友”说，这条路线往来的人比较少，这里的植被保持完好，春夏两季，北坡一路保留着原生态的林海松涛，山花烂漫，非常好看。

一路上并没有看到绿树和青草，北方的二月还是一片灰色，带着冬天的银色和寒气。

高濂在《遵生八笺·春时幽赏》中写：“堤上柳色，自正月上旬，柔弄鹅黄，二月娇拖鸭绿，依依一望，色最撩人。又若截雾横烟，隐约万树，欹风障雨，潇洒长堤……”

北方的春色总是比南方来得晚。本来参加俱乐部登山，是来踏青，一开始是失望的，只看到半开的冰面有野鸭或站或游，于是觉得“春江水暖鸭先知”是没错的，然而“七九八九，河边看柳”却非必然。

正遗憾着，突然看到山坡上出现了一簇簇“小兰花”，叶子比兰花细长，排列整齐，如新生的婴儿，表皮光滑嫩绿，青翠欲滴，生机勃勃。

小荷才露尖尖角，最是一年春好处。

待柳依依时，春风浩荡，黄沙漫天，也没有什么浪漫之情了。

过了这条险峻的道路不久，就看到高冠峪，人还未到，丝丝寒气已扑面而来，加深了这个季节的寒气。一束白练从近三十米高的石崖上，沿着窄窄的石槽缝隙收为一束，飞流直下，迎风泻展，直线抖落，形成珠帘，好远就能听到轰鸣声。瀑布落下翻滚的过程中，浪花激荡着，湍流打着旋，白绸腾挪，有时却又轻风细雨，水声仿佛弦、管、鼓并作。这是一幅清新的画，一首朦胧的诗，更是一支悠扬的歌！

高冠潭、簸箕潭、梅花潭、鸽子潭、车厢潭，高低大小不同，各有特色，只见山峰中垂下无数条清流，真是泻玉流银……

大山里布满各种树木，一丛丛干草织得密密麻麻的，在旷野里铺展得无边无际。寒冷的冬天剥去了它们的绿衣，风霜锤炼着它们，它们顽强不屈地存活着，大部分匍匐在地上，给原本沉寂的山体盖上一层草被，倾诉着生命的不易，大自然的严酷。

窄窄的羊肠小道像一条蚯蚓钻入土中的洞，一绕一弯地缠绕在起伏的山峦上，淹没在乱树枯草中，不见踪迹。山坡上铺了厚厚的一层落叶，脚下甬道上也垫着厚厚的落叶，干燥的地方踩上去，像踩在柔柔的地毯上一般。残雪消融的路段，土和树叶被水浸过，沤得土质发黑，脚踩上去直翻浆。在这陡峭的山崖上，另一侧就是很深的峡谷，我真担心稍有不慎，脚下打滑，就会跌入深谷之中。怪不得这样短暂的一日行，每个人都必须买保险。

走了两小时的路，不断攀爬，折腾得我豆大的汗珠爬上额头，

没出三里路，我气喘吁吁，浑身冒汗，头上的汗如雨滴一样流着，有几个人看着我笑。有人问我："你怎么出这么多汗啊？"衣服都已经湿透了，贴身的棉衬衫紧紧地黏在身上，浑身好似

贴上了一层胶布，皮肉发紧。

钢妹提议休息一下，我如得到了赦令，顺势坐下来，解开登山包，拿出两块巧克力吃起来，又喝了热热的茶水。经过片刻休息，呼吸也平顺了许多，我觉得腿也有些劲了。山风吹来，我被汗打湿的后背冰凉冰凉的。

沿着羊肠小径越走越深，都是一尺宽的山道，蜿蜒盘旋，没有石阶，更没有木梯，又陡又难走。翻过两座山，坡上落了不少枯枝，再往前就是崖壁，上边矗立着几棵老树，蟠枝虬干，耸在空中。连路都看不清了，更寻不到人的踪迹，山腰处又没了路。大家辨别着，争论着，确定不了该走哪条路。钢妹走过来，仔细地看了看，说沿着溪水沟左侧走。

山谷时宽时窄，宽的地方有二三十米，窄的地方也就两三米。现在是枯水季节，溪沟也是有宽有窄，流水只有碗口粗的，有的地方看不到明显的水流，像是从地里慢慢渗出来的。我走到一处明显的水流旁，水浅浅的，四周的泥坑都是干瘪的，用手一抓冰凉冰凉的。地沟是湿的，里面躺着大大小小的石块，石头上青苔滑腻腻地裹着，毛茸茸的，绿毯一般。水溪向上的低坡上，有一人高的杂草，细如蚯蚓，枝条柔软如发丝，上面有规律地布着芽苞。这碧绿的新草，与四周高大的枯树、硬扎扎的枝干那灰暗发黑的颜色相比，倒是多出了几分生气。它是春天的使者，是春天的排头兵，是春天的先锋。有了这么一线绿，春天还能远吗?

走完了溪谷，又要开始爬山了，满眼是一望无际的枯黄。

我发现一个规律，大山的低处，溪水的四周，已有了绿草，有了绿色的小树枝条，有了布满石头的绿色苔藓，越往山的高处走，越没有绿意，没有生机。真是高处不胜寒啊！我也悟到一个道理，也许越小的植物和动物越有生命力，越大的植物和动物越难以适应环境，越容易死亡，恐龙不就灭绝了吗？做人也是一样，“木秀于林，风必摧之”，出头的椽子先烂。

爬山是艰难的，腰酸腿疼时是痛苦的，咬着牙坚持是需要毅力的。七百多米的拔高山路，我先后问了三次：“快到了吧，咋还有这么高啊？”十二点多时，我们终于爬上了此行的最高点。一直在习习冷风中走路，这时，山顶的阳光一下子热烈起来，像大刀淬火后的蓝光，春寒中竟然有了几分暖意。太阳明晃晃地照着，暖风柔柔地吹着，落叶厚厚地铺在地上，我们坐在上面，沐浴着阳光和春风，休息半个小时。我吃了点东西，喝了几口水，又换了一件干爽的衬衣。枯草荒树竟然有了几分生机，我真想躺在这里好好睡一觉。

钢妹说，剩下的路全是下山道，比较轻松，再往前走几百米就有“农家乐”了，在那儿好好休息吧。我知道，她说这话是鼓励我们，给我们打气。一大半的人跟着她下山了，我累得不行，坐在一处草窝里，还是懒洋洋的，不想动。我又休息了十多分钟，从登山包里拿出一包零食，左一口，右一口，又补充了一些能量，身上有了些力气，才和杨工夫妇一起走了下去。

下山到了一块平地，有一处败落的房屋，门上挂着锁，看来是好久没有人住了。我环顾着四周，院落前的泥地上长了一片竹子，在满山的荒凉中苍翠显眼。我径直走到竹丛边，拨开挡在面前的几枝竹子，想走到里边一探究竟。可竹子一株挨着一株，抱团生长，密不透风，我根本进不去。除了我拨竹叶的沙沙声，周围一片寂静。这真是个好地方，我想起了古人宁可食无肉，不可居无竹。

右边有一段土路，只用三分钟就到了约定集合的“农家乐”。这是山里通常所见的农家院落，没有围墙，南北敞开，东西相对有两处土房。西边的房子已经败落了，土质的墙皮脱落，有疮有孔，用几根木棒斜撑着，随时有倒塌的危险。东边的房子稍微好一点，正面的墙体抹了一点白灰，房屋的墙上挂着锄头、镰刀、火钳等农具。苍老的门口，坐着同样苍老的老头和老太太，他们相对无语，浑浊的眼睛看着院子里面突然涌来的一帮人。两只小狗在老人的身边左右转着，上下跳着。一群鸡在地上刨着，用嘴啄着，不知能搜寻到什么吃的。这活蹦乱跳的狗和觅食的鸡，给这古老沉寂的院落增添了一丝丝生气。

钢妹带了一只大锅，从包里掏出大大小小的包装袋，里面有麻什、面片、葱、芹菜、木耳、蘑菇、香菜等食材，还有醋和辣子油等调料。

有人铺上了防潮垫，有人拿出了小马扎，更多的人因陋就简，坐在柴火堆上、老乡的小木凳上，

感觉阳光从头顶流泻，暖暖地在身上流淌，一瞬间有些惬意，我的眼神有些迷离。放眼四周，群山环绕，地势十分开阔，木竹坪卧在大山深处，幽静、深厚、磅礴。据说沿途还可以远

观紫阁峰、万花山、朝阳洞等景观。但是没有人讲解，把这些出名的山一一给我们做介绍，我们也可能稀里糊涂地错过了这些景致。

不一会儿，饭就做好了，也许是累了饿了，吃起来很香，每个人都吃了好几碗。

吃饱喝足，我们就下山了，果然一直都是下坡路，轻松愉快。

这一路没有春天的百花，夏天的凉风和溪水，也没有秋天的硕果，但也有不同的收获。我想如果没有发现美的眼睛，走遍世界，累的只是自己。不同的人生有不同的美丽，不同的视角可以看出不同的美丽，不同的人也能活出不同的美丽……

有人说，残月也美丽，荷塘的败叶也美丽，朴素也美丽……这次穿越祥峪，赏高冠瀑布，我想说，我看到了春天的使者，那小草也很美丽。

当然，落叶也美丽的，一路上都是落叶，脚下踩的是落叶，休息时屁股下坐的是落叶。这落叶，腐朽没入土地是它的归宿。想当初，生时，它们绿油油，生机无限，绿了人间，美了天地。可是，天地有时，有生有死，当寒冬来临，它们枯萎了，叶落归根，却被践踏于脚下，最后回归大地。

其实落叶如人生，人生如落叶。春天生机盎然，夏天热情似火，秋天色彩斑斓，冬天静静落下，最后归入泥土，寂静无声。叶生叶落，这似乎正是人生的写照！人也会青春似火，也会衰老，也会离开人世，最终都归于尘土。

回到小区，我发现柳树竟然有了小小的绿芽。柳枝飘舞，说明春天即将来临。再仔细寻找，那些柳芽似有似无，仿佛是给我们这些踏青的人准备的海市蜃楼一般。

惊蛰，登临蛟峪“二郎山”

前一周还是无精打采的管道小区花园，几朵迎春花已经悄悄开了，花瓣轻薄柔软，甚至有些还压在残雪下。

绕着小区步行道遛了一大圈，无意间发现草坪旁的柳树全部发芽了，那是一种娇嫩的绿。

低头看草坪，低矮的小草从酣梦中醒来，悄悄地钻出地面，舒展着它那柔嫩的身躯，我自言自语：“它发芽了，吐出嫩绿的叶子，说明春天来了。”

翻开手机查日历，是个好日子，二月二，龙抬头。二月想起个二郎山，我随登山俱乐部去“二郎山”。

从西安出发，到环山路向蓝田方向前进，刚过南五台不远，路的右边有一个指示牌“二郎山风景区”。

在车上，俱乐部的领队为了缓解大家早起的困乏，让大家提起精神头儿，组织大家搞活动，人人都要参加。大家按照座位的前后顺序依次亮相，有人唱歌，有人讲笑话，有人背诵诗词，其中一个戴眼镜的先生朗诵了一首诗：“幸与松筠相近栽，不随桃李一时开。杏园岂敢妨君去，未有花时且看来。”这引起了我的共鸣。

约莫一小时后，车在桥头停了下来。我走下车，眼前蓦然一亮，好一个清雅别致的地方！树木清幽，绿藤缠绕，许多古色古香的小木屋错落有致地排列在清冽的河流两岸，河水清澈透明，自桥下静静地流过。好一幅富有诗意的画卷，既有中式的古典与雅致，又有西式的浪漫与简约。

山门口，南飞的鸟归来，雪在融化，阳面露出金色，阴面还背着冰雪的俏盖头，颜色反差极大，这意味着春天真的来了。

这个二郎山，我是第一次爬，据《长安县地名志》记载，蛟峪又名焦峪，峪中因有“二郎山”而出名。

进了山，我们经过几个村庄。正值农忙时节，各村修渠蓄水，犁耙筑坝，田埂曲曲，从山谷到山腰，一直延伸，一层层，像旋涡一般扩散开去。从远处眺望梯田，才能看清楚全貌。梯田绕着山，跟着水，层叠之间有田埂线条曲折交错，其间形成光影的明暗转换，如同一幅幅工笔水墨画，美极了。

山口成了风口，冷空气经过山口的收缩，如壶口瀑布一收一放，风速急了，变得更冷。北风鼓荡着，“呜呜呜”，声音擦着山坡，打着树枝，尖锐刺耳，警告着不速之客，让人不由得捂紧棉帽，拉紧衣服。我们九个人顶着风往前走，身子被风吹着向前，倒也觉得轻松。

到二郎山，要转几个弯。我环视四周，这是一个并不宽阔的峪谷，却有着不同于别处的情致与韵味。这儿的水，这儿的村庄，这儿的树，这儿的小木屋，这儿的一切，无不透露出一种精致与婉约，像一个楚楚动人的女子静立于这深山之中，妩媚可人，风采卓然，又像是一个被人揭去盖头的新娘，顿现令人惊艳的容颜。我手扶栏杆，走上木桥，一步三回头，一双眼睛竟不知该看哪儿才好。一只飞鸟停在桥边的一棵大树上，见我过来，并不飞走，瞪着一双好奇的眼睛看着我。我尽量放轻脚步，唯恐惊吓了它。树梢上有一个很大的鸟巢，想必那儿便是它栖息的家园。我不知道这只鸟叫什么名字，或许它叫什么并不重要，重要的是还有很多如它一般的鸟可以和我们共生共栖。我们需要它们来点缀我们的生活，也需要它们来抚慰我们这些浮躁的灵魂。在钢筋水泥的丛林里待惯了的人们，有时不但思维僵化，就连心也会变得僵硬。在这样的环境里走一走，心灵的确变得柔软起来，或许纯净的大自然才是真正可以洗刷心灵的地方。水里有很多鱼在欢快地游着，三条一群，五条一伙，不知是在哄抢食物还是在追逐嬉闹。我轻轻地跺了一下脚，它们便四散了。我又为自己的行为而后悔，自己的一个顽皮举动，吓跑了那些美丽可爱的小生命。在这里，一切都是那么和谐，都是与自然融为一体的。从距离上来说，它离城市很近，但从概念上来说，它离城市又很远，它像一个养在深闺里的女子，又似一颗藏在深山中的明珠，更像一个新的世外桃源，牵引着我的视线，让我一步一步沿着这条幽深的小径一直走去。

用石块铺就的平坦山道，掩在灌木丛中，再往上，有一段石阶比较陡。仔细一看，是顺着山势直接在山石上凿出来的，两边有铁链子供游人扶着，上去就是一个长形石洞，里面供着一尊二郎神的塑像。这个石洞就是传说中当年二郎神挑山时留下的“扁担眼儿”。

这里森林茂密，植被丰富，山虽不高，但地形多变，充满奇峰怪石，构成了奇特的森林景观。据说到了春夏，苍松翠竹，花草繁茂，松林蔽日，百鸟啁啾，溪水蜿蜒，曲径通幽，宛若仙境。可惜现在是初春，还是冷山冷色。

一条小溪自远处峡谷中流出来，溪水清可见底，流过石桥时，声音十分响亮。这里的景色很好，可是现在来这里旅游的人极少，毕竟是乍暖还寒的时节，又不通车。二郎山既不曾有画家为之落笔，也没留下多少游人的足迹，然而并不因人们对它的冷落而减半分秀气。这不但要归功于大自然造化的匠心，而且要归功于山民们丰富的想象力赋予它恰切的地名，以及富有浪漫色彩的神话传说。

沿蛟峪河谷溯溪而上，一里处东边便是二郎山所在。二郎山平缓易登，小径弯弯。一口气爬上山顶，视野便会豁然开朗，山峪九曲十八弯，奇峰时隐时现，一会儿巍峨高耸，远迎宾客，一会儿又躲藏在云雾里，随云海起波。若是夏天，游兴大增时，人们定会蹚进这清清的河中，捉捉鱼，玩玩水，酷暑之感顿消，身心清爽。顺着河流观望，山底下流水清清，鱼翔浅底，还能看到的“小梁松林”“飞瀑”二景呢！

过了阴面，来到阳坡，有个小美女眼力好，发现了一抹绿色，说：“你们看，有青草！”我们循着她指的方向，果然看见了积雪里藏着的绿茸茸的小草，我闻到了春的气息。这皑皑的雪，红黄交织的落叶，初出土壤的小草，将不同季节融为一体。我要说：“本是秦岭寻常草，残雪消融春寒暖。春山已来它先绿，不等冬尽已发簇。若非大山挡寒气，岂有绿意抚大地。”

山脚和山腰早已春意勃发，而山顶依然沉浸在冬梦里，即便生命力极其旺盛的草甸，也只是零星地冒出些许嫩芽，在大面积的萧瑟之中显现出娇贵与羞涩。但我已经能够感觉到草甸越来越强烈的脉动。

看着二郎山就在前面，有人高声唱起了“二呀么二郎山，高呀么高万丈……”领队说：“别胡唱了，歌里唱的二郎山，不是我们要爬的二郎山。”这个说法我是第一次听到，也算长见识了。

领队拿着自己的喇叭，一边走一边向大家介绍：“蛟峪是秦岭的七十二峪之一，在终南山王莽境内与土门峪为邻，和著名旅游景区翠华山同为一体。蛟峪现属长安区太乙宫街道办事处管辖范围。”他用手向东指着说，“那是土门峪，回过头来又向西，”他指给大家看，“那是西依太乙峪。”

登临秦岭，感受雄伟、险峻、神奇、清幽的风貌，追寻二郎神担山的足迹，我们生发出无尽的向往和遐思。我们品尝到大自然的甘甜，吮吸到山野的醇香，神情便自然坦荡。

关于这里的传说很多，流传至今。二郎神是中国民众喜爱的诸神之一，传说他是治水大师李冰的儿子。《朱子语类》卷三载：“蜀中灌口二郎庙，当是因李冰开凿离堆有功立庙，今来现许多灵怪，乃是他第二儿子……”

从石洞中下来，继续沿河谷南行数百米，走进二郎山。谷底有一条欢畅的小溪汩汩流淌着，溪水清澈甘洌，怪石较多，姿态和颜色各异。溪流蜿蜒曲折，在石中穿梭，偶尔还会形成一个小瀑布，活泼可爱。

有一东向沟谷，名曰“冰沟”，沟谷尽头一瀑布悬天而落，数十米落差，气势不凡。沿石阶可攀至瀑布第二级，站于瀑布之下，顿感水汽缭绕，其声如磬。瀑布的第三级呈达板斜坡连绵数十米，冬季瀑布上两级呈冰封悬挂，第三级如大角度冰坡，沟谷中众水皆冻，故名“冰沟”。

经过几个弯道和村庄就到了出山的便道。太阳慢慢西下，转眼间第一批人就出山了。

遗憾的是在山上没有看到迎春花、梅花、水仙、山茶，也许是秦岭没有这些花，也许是山高，高处不胜寒，正应了“人间四月芳菲尽，山寺桃花始盛开”。山上的春色总是比城里晚来。可以得到的，仅仅是村庄溪边的春柳。

春分，太平峪踏青

早晨醒来，打开窗户，看到外面的雨依然在下，如丝如缕。有一点风吹了进来，早晨的风有股甜香味，那是青草和嫩芽的味道。

这是今年开春以来的第一场雨。初春的西安惹人醉，不时想去秦岭深处感受一下山里春意盎然的感觉。三月初爬了一次山，感觉还不够尽兴，那时刚刚开春，只能欣赏到才冒尖的绿色。

这又过了十多天，阳光与雨水轮番值守，风停雨住之际，湿漉漉的水蒸气在空气中弥漫。经历了漫长的等待和风雨的洗礼，春天铆足了劲，燕子叽叽喳喳地叫唤，迎接春的到来。蓄势待发的青草憋了一冬后，破土而出，伸着娇嫩的胳膊。门前的树上先露出些淡淡的鹅黄色，羞答答的绿意静悄悄地蔓延，一阵风的工夫，它就像插上了翅膀一样飞得满小区都是。杨柳绿了，小草揉着半开半合的眼，梨花白了，杏花红了，小鸟也来凑热闹。

看着这春色盎然，我不禁有了一种想出去走走的冲动。

几个登山俱乐部每周末都在组织活动，发信息，争客源。其实费用都不高，离山近的活动一天六十元，离山远的活动一天九十元，都不超过一百元钱。

看到朋友邀请，我就爽快报名了。因为早上七点四十五分要统一坐大巴车，赶时间，我六点半就起床了，洗漱完毕，吃完早餐，七点坐地铁赶到南门外。参加大部队的活动就这一点不好，像行军打仗似的，急急忙忙，周末也不能睡个懒觉。

还是上次爬山的那个俱乐部，我看到很多熟悉的面孔。天色尚早，我迷迷糊糊的，正好补个懒觉。

大巴出了城沿着盘山公路一直往山里走。春天的秦岭别有一番风采，城里下雨，山里起雾，放眼远望，远处层峦叠嶂，道路、树木、房子都变得有些迷离，被氤氲的雾气笼罩着。远处的山峦只能看到半截，大半个山头都被厚厚的云雾隐去了，缥缈又美丽，恍若海市蜃楼一般。

快九点了，雾散去，车穿行于山林间，一路向南，大自然在这里打开了它的色谱。嫩绿、浅绿、墨绿……织就成了天然的渐变绿色绒毯。

春色正好，吸引着人。我们下了车，直冲太平峪。道路曲曲折折，高高低低，时缓时陡。树垂下了绿丝绦，密密的，柔柔的。奇怪，这带刺的藤条在冬天是不死的，在春天也是复活得最早的。

太平峪度过了漫长的冬季，春风每到一处，吟笑欢畅，树木频频点头，逗得小草兴奋摇摆，风拂干它们身上的露珠，春苏醒了。

缓坡上，自然成形的灌木丛零星点缀在绿毯上，整齐列队的松树、杨树挺立向上，一片破土而出的小草形成绿茵，一粒粒花苞在绿叶中羞赧地半开半闭。

溪水欢快地流淌，似春姑娘一样脚步轻盈，一只野鸭悠闲地在水里游荡。水也有“春味”，沁人心田。

斑驳的阳光穿过树叶，随着树叶摇曳变成万千碎金，点点洒落。

沿着山道不停地寻春，内心暖暖的，春尽情演绎着，处处洋溢着生命的活力，吸引人们的眼球。不少人情不自禁地掏出手机，左拍右拍，总是感觉缺少点什么，总是有很多遗憾，

我看着眼前的一切，回想着从家里到单位，成堆的文案，整天的会议，解决不完的琐事，觉得真是乏味极了。怪不得那些文人墨客、达官贵人都喜欢游山玩水，原来山水这等有趣！怪不得别人说“读万卷书不如行万里路，行万里路不如阅人无数，阅人无数不如名师指路，名师指路不如自己去悟”。“两耳不闻窗外事，一心只读圣贤书”，还真有它的局限性啊。

大约过了两个小时，转过一个山垭，在距离我们不到百米的崖下，一条百米长的飞瀑直砸下来，响声震天，水花飞溅。在垭口远望南边的道道山峦，脚下就是南北分界线，有人称之为“门槛梁”，非常贴切。

一路上可见铁索桥、栈道、古道石阶，此处山势险峻，多断崖峭壁。不远处有红色的巨大断崖，当地人称为红石崖，其

高和宽都有数百米，是攀岩爱好者的向往之地。

经过一座标准的“石梁”，其立柱已经倾斜，走在上面的感觉是桥下水流潺潺，桥上心惊胆战。自此开始，进入密林，变窄的河道中的圆石上覆满了绿苔，脚下的路也渐渐湿滑。

一时贪春，玩过了时间，已经下午一点了。

春浓了，绿沸腾了，游人多了起来，“农家乐”一家挨着一家，我们寻了好几处，看中了紧靠两棵大槐树的老屋，后院还有几棵椿树，树干弯弯曲曲，叶子绿油油，充满生机。热辣辣的大太阳照在椿树上，地面上形成了一个巨大的树影，这树影漏洞百出，阳光星星点点地穿插其中，光束碎金般摇曳。院内一株桑葚树如伞铺开，树干透着深深的紫红，枝条细嫩而又光洁，结着娇嫩的葚果。这绿树掩映的氛围，僻静的空间，对上了我的脾气。桑葚树下面放一张矮方桌，我坐在树荫下，感受着一种说不出的亲切滋味。我像小时候一样爬树踏枝，采摘香椿，交给主人洗净切碎，做香喷喷的黄绿相间的香椿芽炒鸡蛋，那是我最爱吃的一道菜。

吃饱喝足，又让春天的生机滋润得神清气爽，我拿出相机，一路走，一路拍着。两侧的树，密密麻麻地紧挨着。有一段路是未经修整的野径，宽不过二尺，枝条和杂草缠绕，侵占着路，争取着生存空间，却害苦了登山的人。我们不像当地山民带着镰刀，可以割草开路，只好拿登山杖拨弄。抬头望远，一座山连着一座山，山山峁峁都蜿蜒曲折。我说：“是不是走错路了？这不像旅游开辟的线路。”同行的三人乐呵呵地说：“进山不就是寻个野趣和幽静吗？走着玩吧。”翻过一座不高的山，在山根有个平台的地上，有座破烂不堪的土房，东墙倾斜，用几根长木顶着。我们向前门而去，门大开着，屋里地上乱七八糟地堆着柴火、碎木、野菜等。一个老太太循声出来，我们聊了起来。她已八十一岁，老家在南方，十七岁嫁到这儿，孩子们都外出了，不愿意回来。这个家已破败了，在房屋四周开垦了高低不平的几块地，种着菜，够她吃了。房前屋后有几棵大树长得又高又粗，见证着时日。老太太还说，这里已没有几户人家，一年到头没几个人，只有误入其中的游人才会打破这里的宁静。她好像期盼着外人的到来，主动与我们搭讪，聊得没完没了。我们临走时，她给我们指了正确的路线。走出好远，我回头看，她还倚在门上看着我们一行的背影，我突然想起了妈妈，眼睛有点酸楚。

前方的路渐渐开阔，阳光又开始透进来。有溪流也在下山，明净的小溪像一条白玉带。穿树绕树，跳涧越石，清凉的溪水嬉笑着，可以清楚地看见溪底的沙石。沟越来越大，水越来越急，它走过丛林，水中的杂草轻轻地抖动着。小溪卷着无数朵小浪花，拂着杨柳垂下水面的“秀发”。溪旁的草比别处更高更绿，春风吹又生。你看，那山泉奏响了春的号角，融入春风里，枯竭了一冬的花草树木，有了这水的滋润会焕发新生。

沟边夹杂着三三两两的不知名的野花，它们虽然开得早，却很小很碎。这才叫“近水楼台先得月”，山脚下阳面依水，春来得早，花也开得早。因为这些花，溪水也增加了无限的春光，泉水击石，叮咚作响，顺着弯弯曲曲的山谷流下来，时而急，时而缓；从高坡巨石上滑下时，卷起二三尺长的小瀑布，飞溅起团团水雾，遇到宽处和深坑，便如宝石镶嵌在绿波中。小潭流水是恬静的，它总是那样静静地流，缓缓地聚，慢慢地溢，像藏着掖着宝贵的东西，不舍得放弃，偶尔也会溅起一朵朵小小的浪花，如少女般矜持、温柔、羞涩。

回来的路上下起了小雨，好雨知时节，万物乃复生！刹那间，植物从地里站了起来，伸出枝丫，拥抱着春雨，渴饮着甘露，发出拔节的声音。

清明，去龙泉禅寺看花

“清明雨”如期而至，朦胧之中，雨丝纤细得不成形状，你缠我，我缠你，情意绵绵……接着变成雨滴，“嘀嘀嘀”地催促着万物生长。

我出了门，站在雨中，不打伞，仰面望雨。天色青黛，小区的园林被雨水洗成了一幅颇有意境的国画。

雨滴落在脸上，顺着脸颊滑落，一直到腮边，温馨而浪漫。我想起了小时候放羊的情景，甘露洒在嫩草身上，牛羊觅草更欢乐，我拿着鞭子，顾不上羊，伸开双臂，张口与春雨亲密接触，奔跑在田野里。

空气清冽得醉人，我深深地吸了口气，一股湿润的泥土气息扑进鼻孔。

这风轻轻一吹，柳枝姿态优雅地摆荡，小草把大地都染成了深绿色。山坡上的一片油菜花还未全开，朦胧的绿色中点缀着金黄色。这片未来的花海，吸引着游人，人们惦记着它的美丽。我如一尾鱼，急切地想游向那片绿海。

春分时上山看花，草不密，花不浓，有些遗憾。又隔了半个月，已进入四月份了，我惦记着那百花盛开的梦，去寺庙看花。

这次我是一人进山，单兵作战，不能孤军深入，要选一个近一点的寺庙，选一条好走的路。

龙泉禅寺映入我的眼帘，它是唐代著名的皇家寺院，位于西安市长安区王莽乡王家村，坐落在秦岭北麓终南山下，土门峪和洋峪之间。

我一个人开着车按照导航走，从西安向南行驶到环山路后，向东行驶，过了太乙宫继续往东三千米即到了寺庙附近。

小路静谧幽深，曲曲折折，道旁绿草葱茏，细碎的蓝白色小花星星点点，若隐若现。空气与鸟鸣声都令人心旷神怡。极目远望，炊烟袅袅，片片村落如幼童摆放的拼图。我沉浸在春景中，想着若摄影师到这里，一定能拍出一幅好作品。

前面的树绿得铺天盖地，似乎可以挤出水来，枝条慢腾腾地伸到了路中。转过村子侧面，偶尔能听见一两声脆脆的鸟鸣和淙淙的流水声，隐约可见亭子样式的庙宇。我这才明白龙泉禅寺，顾名思义，得终南山龙脉，因泉闻名。我想起了王维的诗句，“明月松间照，清泉石上流”，这不就是眼前的意境吗？

寺庙位于山下，周围景色很美，青翠滴翠的树，沐浴着温馨的阳光，在和风的轻拂下，左右摇摆。山道边，草丛中，树底下，点缀着柔嫩的小草，让大山多了一份妩媚。

庙的周围，长着翠竹。正是新竹破土生长的季节，胖乎乎的竹笋们，一个一个顶着嫩芽使着劲地往上蹿，挨着青色的砖墙小院，古朴的砖木楼阁，看着和谐舒服。

进入寺庙，稍作休息。我环顾四周，有一修行者正在念经，不便打扰。有个牌子上写着寺庙传说引起了我的注意。

据传，唐代贞观年间，玄奘大师取经归来后，在天池寺讲经说法，惊动了长安城中的唐太宗，唐太宗一心想上天池寺听法师弘法，于是同满朝文武来到天池寺。来到龙泉禅寺时，他看见此处地势独特，既可仰视秦岭翠峰，又可将樊川风景尽收眼底，不知不觉在此地睡着了。醒来后，他说自己脖子痛，可话未落音，空中传来声音："你脖子痛，枕在我的腰，压得我腰都痛了。"只听声音，未见人影，又传来话语："我是天上之龙，此地乃喜龙活地，我每天都要来到此地，不信你看泉中之水。"唐太宗在泉边一看，泉中白云翠峰倒映如画，泉水清冽，饮上一杯神清气爽、精神倍增，遂降旨扩建寺院，供奉三宝，筑井护泉，并赐名"龙泉禅寺"。

原来又是唐朝皇帝与佛教结缘的故事。

还看不到大量的花，但已嗅到花香，这浓郁的芬芳随风从哪来的呢？也许是深山有花吧，而且一定开得灿烂，唯有我面前的山，一直等着我来，伸出有力的双臂，将我拥入怀抱。再往里走，一定有诗情画意的地方。

看完寺庙去爬山。找到入山口，我和几个游人登峪。从寺庙门口旁边绕出，继续前行。往深处走，静而不呆板，动而不聒噪，避开了尘世的喧嚣。山不高，也并不陡峭，正好不冷不热，感觉清爽，比城市里舒适多了。

徒步半个小时就到了很大一个草场，蓝蓝的天，白云朵朵，走到半山腰一个转角处，巨大的山石倾斜着矗立。

附近有块巨石和地面形成的夹角处，有很多的小树枝在那里支撑着，甚感奇怪。

看了半天，我就念叨了起来："这么大的石头，要倒的话，这些小树枝也撑不住啊。"

旁边的一个老乡笑了，说："这是人们祈求家里老人身体健康的一种方式。如果家里的老人腰不好，就可以在此支撑一根树枝，祈愿老人的腰不疼。"

"原来是这样啊！"

我坐在石上休息，面前被炙烤了一天的土地，散发出阳光与沃土混合的温热的气息。石下的草，沐浴在阴影之中，受着它的保护，倒比其他地方的草长得高。

峪沟里行走起来并不吃力。沟域面积广袤，岔沟坡梁纵横交错，树林、竹林茂密，古木参天，林荫蔽日，不由得让人想起柳宗元的诗句"千山鸟飞绝，万径人踪灭"。山前面的阳坡上，桃花似雪，团团簇簇，争奇斗艳，黄花吐金，蝶舞蜂飞。有几人在树间花丛中，铺开防潮垫，喝着茶，吃着零食；还有人支好三脚架，无须刻意选择，春花的美缓缓展现，一簇簇，一层层，一团团。

我停下来，看画看景看人。

不远处，有几对漂亮女孩和英俊后生正在花丛中拍婚纱照，拉一枝花横在胸前，摘一朵马兰，轻轻将花蕊插入发鬓，把花瓣放在唇间轻捻，让花的馨香缓缓地飘入心里。黑的西装衬托白的婚纱，这是一种反差鲜明的美。新人们陶醉在幸福中的表情，令人十分羡慕。曾记否，桃花溪前佳人顾盼，连理树下两情相许？可惜我们年轻时没有这么浪漫的一幕。衷心祝福他们，陶醉在春风里，徜徉在花海里，赴一段心灵之约，放飞美丽心情，开启崭新的芬芳之旅。

继续往山上走，沿途看到马兰花，还有一些不知名的小野花在枝头绽放。鸟是天生的花间客，早就闹了起来，不时在花枝上跳跃着，时而伸着脖子，偏着头，似乎也在听着春风的絮语，时而对唱求偶，甜润而柔美。它们飞来窜去，活跃了森林，抖动了花枝，唤醒了春天。看着小鸟优雅地戏于花草中，听着小鸟婉转的低吟浅唱，一种恍若隔世、云游仙境的感觉会油然而生。

越往里走，小花越多，这里一堆，那里一丛，浓淡相宜，留白自然，如写意国画。粉嫩的杏花，雪白的梨花，还有鹅黄、浅绿、火红的各种花，令人目不暇接。

我在想，如果运气够好，就能与隐居山林之中的珍禽异兽邂逅。

来到太乙宫，就看到了大山和寺院的全景。看看时间，已近傍晚，此时夕阳西沉，天色渐暗，遥望山下，山色黝黑，景物逐渐朦胧，只有那一团团灯光璀璨处格外耀眼。

谷雨，太平森林公园赏紫荆花

四月初的倒春寒持续了一周多，气温徘徊在十度左右，暖气停了一个半月，不少人又从箱底翻出了羽绒服套在身上。这是人们乱穿衣的季节，有穿短袖的年轻人，有穿棉衣的老年人；有露腿的姑娘，也有全身裹得密不透风的妇孺。可这寒风挡不住花开的步伐，桃花谢了，杏花还留着蔫了的花蒂，樱花和牡丹提前开了，据说山里的紫荆花开得正是时候。“大喘气俱乐部”杨领队约我到太平国家森林公园去看紫荆花，说那里是紫荆花最美的地方，每年都举办紫荆花节。我向窗外看了看，天气阴沉，飘着细碎的雨丝，再看温度计，指针指着十摄氏度。我怕雨淋到身上带来寒气，心想这样的天气参加户外活动不太美吧，便说：“天冷，还下雨，算了吧。”之所以说得这么干脆利落，主要是我有畏难情绪，每次爬山回来膝盖都不舒服，不服老不行，而且前几年已经去过一次。他很有耐心，在三分钟内发了十二条微信，大致意思是：阴雨天最适合看紫荆花，我们“深呼吸”和“大喘气”俱乐部的大部分人都要去，已经有二十五个人报名了。再说了，我写的游记大家喜欢看，这也能够提升我们户外活动的层次和意义。他的话很有说服力，触动了我，我经不住诱惑，举手投诚了。

七点上车，九点就进山了，山还是那座山，在那里没有变化，可路不再是那条路，人不再是那些人，路两边的建筑也变了模样。现在高速公路修好了，过去三个小时的路程，现在不到两个小时就直达了。入山口也变得开阔了，过去的一些违章建筑都被拆迁了，恢复了山野的原貌，死气沉沉的钢筋混凝土覆盖物重新变成了山清水秀的旷野，树木葱绿，鲜花遍地，生机勃勃。

山似乎更年轻了，更秀丽了，但来爬山的人，大多是故地重游，无情的风霜在年轮的催动下无情地刻在了人身上，皮肤不再细腻光滑了，腿脚不灵便了，精力也在悄然减退。违章建筑可以拆除，山河可以恢复原貌，唯独在大自然里最聪明、最有创造性、最能战天斗地的人，面对讨厌的皱纹、松垮的皮肤、衰退的肌肉、日渐疏松的骨骼，却不能拆除，也不能恢复。花了那么多钱，涂脂抹粉，锻炼健身，也阻挡不了衰老的步伐，无可奈何花落去。

人是有思想、有智慧，也有爱憎贪嗔痴的动物。明知道来到这个世界，最后的结局是寂灭消亡，为什么还要在人生的道路上艰难跋涉，去争，去抢，去追求……明知爬山这么辛苦，这么艰难，为什么还要去尝试探索？也许这就是无明的人生吧。

快到山口了，稀稀拉拉飘了几滴雨。

同行的“驴友”说："今天谷雨，是黄道吉日啊！对于农家人来说，今天下雨该是多大的喜事，谷雨联结着春天和夏天，落到土里，润酥了田垄，预示着今年是个丰收年。"

我才知道，今天进山，误打误撞，遇上了谷雨节气。雨水要淋，万物要长。“春眠不觉晓，处处闻啼鸟。夜来风雨声，花落知多少。”描述的便是谷雨时节的景致。绵绵的春雨，一滴滴，一丝丝，一线线，悄无声息地落到溪里，丰沛了水源，落到地里，滋润了万物。布谷鸟也提醒人们播种，槐树上还出现头顶棕红色或粉红色羽冠的戴胜鸟，山活跃了，农人也就忙起来了。

人站在不同的角度，观点和立场也是不一样的。农人期盼着下雨，山里的草木在雨中兴奋地跳舞，可是上山的游人期盼着蓝天白云。

到了山口，门庭大开。这时天公也作美，太阳颤巍巍地挣脱乌云的遮蔽，透出一束光来，直直地照在山顶，仿佛天门也开了。阳光和乌云也总是在争夺空间，犹如两军对垒，你来我往，拉拉扯扯。阳光撕开了乌云的几道口子，渗出光线，更多阳光攻城略地，将乌云稀释得越来越薄，占领的范围越来越大。乌云终于散去，太阳终于露脸了，整个天空一片晴朗，人立刻感觉温暖了许多，心里的阴郁也一扫而光。山春天的花草树木经过细雨的滋润和洗礼，如出浴的孩童，娇嫩可爱，生机勃勃。

一进山口就看到了山沟路边的紫荆花，我仔细观察，觉得这个名字起得好，花如其名，紫色的花长在树的荆条上，名曰“紫荆花”。我不知牡丹、芍药、杜鹃等很多花名字是怎么来的，花名与它的特征有什么联系，又表达着什么含义。

与其他的花相比较，我觉得紫荆花有“高、富、贵、帅”的特点。它是一种树花，有的紫荆花树高十几米，是树花中的佼佼者；古代的高官穿紫色官袍，这颜色是大富大贵的象征，连天上的神仙都免不了这个俗，老子过潼关到周至楼观台，称“紫气东来”；紫荆花长得也帅，笔直的荆条，没有冗余的叶子，没有过多的杂色，一束束紫色的花将荆条包得密密实实。近一点仔细看，紫荆花是细碎的小花，但它们抱团生长，远看一团团、一簇簇、一串串，团结力量大，也就有了气势。紫荆花是小精灵，我不舍得用手去掐去摸，只能轻轻地走近欣赏，仿佛稍微粗暴，那薄如蝉翼的花瓣就会碎裂。

徜徉于杏花丛中，看那朵朵花蕾，感受着春风的抚慰，包裹在外的红衣褪尽，粉中透白，恰似浅妆淡容，却也经过一番精心梳洗。色彩那样透明，那样娇嫩，像是画家轻轻蘸的一点红，加水调墨，接受风霜的洗礼后，在宣纸上慢慢洇透，风干，开出的一朵水墨，极淡极美，似乎风一吹就能抹去。杏花虽然在北方的山野里很早便开放了，但它并不妖艳，只有一种淡淡的美。尽管一朵花只是那么一点点，但十里杏花沟便是芬芳一片，给这个世界增添了无限的清纯之气。随着山势的变化，景观也丰富多变，走在山间，移步换景，上一个坡，拐一个弯，翻一个垭口，就景色迥异。

紫荆花是这个峪的名片，形成了漫山遍野、层层叠叠的“紫色海洋”，呈现的是一种跌宕起伏、层峦交错的“多元美”，给人极大的视觉震撼。自然真是很伟大，能创造出如此美丽的景色。

从山底爬坡到索道，途经钟潭瀑布、龙门吊桥、龙口瀑布三个景区。群山挺拔，一山更比一山高。妙的是，这里的山路一直沿着溪水，潺潺的流水冲击着山上落入沟底的石头。千年水洗，万年风吹日晒，这些石头都有了灵气，有形有样，似龟，如兔，表面光滑，还披着绿苔。因此，这山便有了神韵。到了老虎口，山底裂开一张大口，峭壁悬崖下面是水潭，旁边竖着牌子，写了一句提示性的话：“一夫当关，万夫莫开，低下头，鞠个躬，保你一生平安。”行人只能如此从虎口过去。这山里的紫荆花树并不是人工栽植的，而是自然生长在沟谷的溪流旁、巨石边、山坡上、悬崖上、峭壁下，毫无拘束，恣意生长。得山水之滋润，花便开得水灵无比。钟潭瀑布和情人滩是这里的重要景观，游人们在这里戏水玩耍，拍照留念。一汪春水倒映着枝上的紫红云霞，漂着些许花瓣，令人迷醉。

到了索道站，我看了下手机，刚好走了一万步。索道售票口的门前竖立着一个大牌子，蓝底白字，醒目地写着：“上山一身汗，下山腿打战。”背面则写着：“此处距彩虹瀑布还有两个多小时的山路，四千余台阶，垂直高度八百余米，相当于三百层楼房的高度，前方坡高路陡，攀登非常困难。”这些话让人对继续登山生出畏怯。我是怯了，二十五个人中有九人买了票，我也买了票，坐索道上山。放眼一看，坡上和山沟里长满紫荆花树，高的十几米，低的也有七八米，枝丫交错，团团簇簇，形成了一条紫色的花带。我拿出手机拍了几十张照片，把这美好的画面留下来。

十四分钟后到了山顶，首先映入眼帘的是烟霞瀑布，落差很大，从三百多米的高处流下，腰身又特别细，不过二尺，飞瀑直泻下来，恰似白练当空舞。这里是登顶的一个平台，到达这里时大约是中午，大部分人在这里休息、吃饭、照相，做冲顶的准备工作。

今天我们爬得很快，不到十二点到了吃中午饭的空地。歇口气，喝口水，回头看看山下，才明白今天爬得快的原因——山势平缓。

我上山不到半小时，后面徒步的大部队也上来了，我感到惊讶，这么多的台阶，这么陡的山，他们怎么这么快就到了？几个徒步上来的人笑话坐索道的：“看我们这么快上来，你们有没有上当的感觉？”

同行的驴友带了很多吃食，烧鸡、牛肉干、烤馕，还有各种小吃，俱乐部的领队杨工又带上了他的好茶，还有人带了酒。八个人围在一起，一人递一份儿，吃的东西就丰富了起来。爬山时相互鼓励，吃东西时共同分享，这就是团结协作精神。在这儿不一定要吃得多么好，重要的是这个氛围，在野外的感觉不一样，很放松，没有任何拘束，和在饭店吃饭是两种感觉，很惬意。

吃饱喝足，拾级而上，才走了十几米，拐弯处拉了一条绳子挡住了去路，上面写着“前方施工，游人免进”。天下真是没有免费的午餐，上山时不要门票，我们还沾沾自喜。据太平森林公园的景点介绍，山顶的仙鹤桥瀑布、蛟龙瀑布、彩虹瀑布是景区的核心景点，看来我们这一趟只能在外围逛逛了，最美的景是看不到了。留点遗憾，等待下次再来吧。

下山的时候我在琢磨，这里的派头从何而来？这一路尽现秦岭之峻，树木之茂密，溪水之悠长，瀑布之多姿。仰望大山，怪石嶙峋，树木苍翠，溪流峰回路转，曲径通幽，雉鸣雀唱。也许就是这些造就了它的派头吧。

好景能激发人的创作欲，一路上景观入眼，脑子里文思如泉涌，我拿出手机一边拍照，一边用 WPS 文档写作，到山下时，一篇三千多字的游记完成了。

立夏，五道梁山花烂漫

五月的山是花山，是鸟鸣虫唱的歌山，是游人如织的闹山。我们三家人相约去登五道梁。出了家门，踏着清晨的露珠，沐浴着湿润的空气，走进管道小区花园。你看，人行道的两边，红色和粉红色的月季花，黄色的山芋花，白色的木槿树花……还有一些叫不上名字的花，都争先恐后地吐出芬芳，让人的心情如花一样。

一场春雨来得急，去得也快，还来不及听雨打桐叶，倏忽之间就没了声息。错过了桃花和杏花，迎来了樱花，小区的樱花艳成了一片粉红色的云阵，像是一种召唤。

我们三家人开了两辆车，出了城，沿着环山公路，过南五台向西，穿子午镇，进抱龙峪。我打开车窗，窗外是无边的旷野，麦苗正在拔节，天地之间如披着一张绿衣，令人心旷神怡。

沿坡而上，没有人工开凿，只有当地农民上山踩出的羊肠小道。远看树遮草盖，看不出路线，近处拨开草丛、荆条，脚下有一条三尺宽的土石路，窄处仅容一人侧身而过，宽处容两人并行。路边平缓处隔几百米能遇见一两个农家小院，大多空寂无人，只有鸡在闲散地觅食，狗摇着尾巴，不经意间低吠几声，不知它表达的是欢迎还是警惕。路陡坡滑，专注于登山，听百鸟轻唱，嗅百花清香，看蜂蝶漫舞，倒也不太寂寞。山径岔口多，不知伸向何方，路上有两拨游人，不知所向，从路尽处返回，向我们打听方向，干脆合流，抱着随大流的态度，竟然登上了山顶。

你听，鸟在欢唱，在欢迎我们。百灵、画眉、鹧鸪，还有喜鹊，这些可爱的小鸟沐浴在春风里，享受着山野的乐趣，展示着自己的歌喉，给这条山路洒下欢乐。

山梁上的杜鹃花开得正盛，远远望去，枝干上像是落满了片片的红霞。走近了仔细观赏，杜鹃花的顶部呈伞形，由数朵钟状或漏斗状的花朵组成，宛如一个个饱满的绣球，寂静中有几片花瓣悠悠落下，此时树下已经有许多花瓣，细闻则有淡淡清香入鼻。

再看这小巧精致的花瓣，恍然中，似乎有千万只玉色蝴蝶掀动着美丽的翅膀，亲吻着花蕊。眼前的景象真的让我倾倒了，选一块石头，干脆坐下来，细细品味。

同行的老陈感叹道："太美了，没想到杜鹃花这么漂亮，五道梁还有这样的美景。"

孙工说道："你先别下定义，多夸张，咱们再过一道梁再说，从上面往外看，又是一番风味。"

孙工拉着女朋友的手，在前边带路。此时，阳光柔柔地照在我们的脸上、身上，照在坡下的草原上，那绚烂的色彩在草原上跳跃着。来不及歇脚，顾不上擦汗，我立即被五道梁的崇山峻岭所吸引。极目远望，层峦叠嶂，深邃豪迈，青山为秦岭披上了绿衣，云彩为群山戴上了王冠。云海汹涌，烟气蒸腾，与天相接，如一幅泼墨山水画。山下是子午道，一条土黄色细线隐约在山缝中延伸，走向八百里平川，几千年来，连接南北，直通巴蜀。摩崖石刻作品《石门颂》记载："高祖受命，兴于汉中，道由子午，出散入秦。"从子午镇，出红草河，至喂子坪，入丰峪，翻越秦岭，经龙亭到洋县，再经城固到汉中。想当年，在百里群山隧谷，绝壁凿孔，架设楼阁，有多少悲壮的故事？遥想当年数万人马行进在崇山山峻岭中，金戈铁马，气势磅礴，何等壮观？多少历史淹没在这条细长的小路中，我不由得肃然起敬。这扇大门如重新启动，将多么神秘，多么激动人心。

漫山遍野，东一簇，西一堆，不规则地涂抹着红、黄、紫、白的花环，一山比一山灿烂，一坡比一坡浓艳，越向高处，颜色越深。山间羊肠小道旁，斜风细雨将花抖落，落英缤纷。秋有落叶，可以理解，春华落地，和着雨水揉成泥，我心里略有伤感。正所谓，一季花凉，满地忧伤。自然有加减法，花开得繁茂，尽显美丽，若都结果，却累坏了枝头，抖落过多的负担，才能结出最大的果实，如人卸下肩头的行囊，轻装上阵，才能走得更远。

孙工拥着女朋友，一会儿痴痴地看着景物，一会儿盯着她美艳的脸庞，碍于看我们这么多人围在身边，他只能对她说："花美，你也美！”

他女朋友不乐意地撒娇说：“到底是花美还是我美，只能选一个。”

孙工轻声说道：“丫丫（他女朋友的小名）太美了，比这些景美，这些花看了你都会害羞的。”

丫丫娇羞地红了脸，故作嗔怪地说了声：“讨厌！”

不过，她心里可能在说：我就是仙女，我就是比花好看。

丫丫低着头向前走了几步，来到一棵野樱桃树旁边，摘了几颗樱桃给我们看，她嫩白的手上躺着一串串红色的珍珠。

眼睛往上看，天似乎低了，时而可见雄鹰盘旋，影子如一个黑点掠过山头，处处能闻鸟啾鸣叫，天旷山高，幽静深远，令人心旷神怡；低头一片翠绿，铺天盖地，浓密茂盛的棘藤密不透风，大树小树及丛生的荆棘，枝蔓缠绕，犹如绿色的海洋，波浪起伏。乔木高大，灌木丛生，针叶阔叶相间，树木杂草互依，枝蔓缠绕。落叶枯根变成了肥料，滋养大地。昆虫栖居在枝上，为鸟类提供了美食；鸟类减少了虫害，保护了林木，鸟粪又是高级肥料，形成了良好的生态链。

循着鸟叫声，偶尔能在树丛中看见美丽的鸟一掠而过，很难看到其全貌。雉鸡肥胖脚短，羽翼华丽，好像个发福的胖人，但极灵动，在草中跑得极快。蓝鹀一袭青衫，高贵艳丽，风流俊俏，腿长，颇有绅士风度。红腹锦鸡身如彩虹，黄头红身，拖个彩色的长尾巴，美丽程度不逊于孔雀，羽毛价值极高，可用作戏衣装饰。棕颈钩嘴鹛头上造型似鸡冠，透明，似半扇掩面。

红嘴相思鸟的嘴唇像抹了口红，别有一番风情。这些天然的歌唱家，尽展歌喉，尽显风采。有时两鸟求偶对唱，不时拉长声调，还带着颤音和滑音，在空谷山野显得格外悦耳。

山脊一处落了松针，几只鹧鸪在啄食，一见生人，呼啦啦乱飞。

五道梁山脊线条柔和、舒展，比上山道开阔、高远，山岭显得敦厚、结实，似舞动的龙身盘旋在山顶，高低起伏，很有灵气。

两侧有峰峦，陡峭的悬崖，伸到路中的可供游人坐下歇息。我们在第三道梁的石头峰岩上歇息，将带来的黄瓜、西红柿、苹果、梨、烤馕、什锦凉皮，尽情享受。杨工细心周到，还带了一瓶热水，泡大红袍喝，味道很美。也许是爬山出汗多，需要解渴的缘故，喝茶似乎从来没有这么好的感觉。吃饱喝足，三位女士对着子午道上的游人喊山，“嗷嗷”声久久回荡，对方也回应着高喊，这样持续了几分钟，她们声嘶力竭才罢休，脸上洋溢着开心、激动。

我只顾看景，没有跟上大家的步伐，又掉队了，于是连忙加快了步伐。经过茂密的森林时，发现里面穿梭着许许多多鸟，它们在空中飞快地掠过，发出一声声婉转的啼叫，赞颂着大自然的美景。

路旁有不少奇花异卉，吸引着人们驻足欣赏、拍照。山花，人们俗称野花，细碎，没有规则，不像人工培植的花，有名有姓，有形有意。其实山花也有名，但只有专业人士能看明白。通泉草花似小喇叭；蛇莓红彤彤、水灵灵，娇妍可爱；狗尾草拖着长长的尾巴，活脱脱像极了狗尾巴，但颜色纯绿；阴石蕨像极了小芭蕉，但一枝像一叶，一叶不成形；马兰嫩绿贴地，不是往上长，而是盖地。还有许多叫不上名字的花花草草，吸引我们走一路，拍一路。小杨女士陶醉其间，流连忘返，连连惊呼感叹，多次掉队，被我们硬拽回来。每人手机里都有上百张照片的收获，大家发给朋友欣赏，留给自己作为纪念。

秦岭也是著名的隐修地方，名人的隐居给秦岭赋予了丰富的人文主义色彩，留下了许多千古佳句。五道梁的第一道梁上住着一位隐士，他用三年时间，自已背砖送瓦，在山上盖了一间不大的房子——一个小院，两排篱笆墙，几把茅草，种菜养花，悠然自得，清静无为，衣食简单。这里是很好的修行之地，在这里静坐，无人打扰，离天最近，远离红尘，一切遵循自然，更能明心养性，领悟生活简单、大道无为的真谛。

走到第五道梁时该下山了，我依依不舍，回头再看，峰峦叠翠，溪流淙淙，泉水叮咚，潭水清幽，荡漾绿波。

下了山，看到一个房子，很老旧，墙是石头垒成的，院门紧闭，有一群鸡在觅食。我们想进去歇歇，喝口水，正敲着门，几只鹅伸着长颈发出洪亮的声音，朝我们扑过来。我知道这是护院的鹅，被这些家伙拧上一口可不舒服。我们正要躲开，一个身材矮小的老爷爷从里屋出来，吆喝了几声，鹅停止了攻击。我们说明来意，他过来打开低矮的院门。进了院一看，别有洞天。核桃树高大茂盛，把半个院子都遮挡起来。靠着南墙还有几棵果树，山杏和麦黄李已经绽开了成熟的笑脸，黄里透着红，诱惑着我们的馋虫。后院四棵樱桃的果实已经落了，而中间一棵嫁接的樱桃树，果实很大，色泽鲜亮，红里透着绛紫，让人忍不住想摘几颗放进嘴里。门口整整齐齐的篱笆墙里，大丽花、小葵花、月季，还有不知名的花卉开得鲜艳而自在，生机蓬勃。树下是一个大大的圆形石桌，桌边围着几个圆形的石凳，正午的阳光透过核桃树叶斑驳地洒在石桌上。我们喝着水聊了起来。这个村里的青壮年大多外出打工了，老人的老伴去世了，家里就剩下他一个人。我们喝了水，在院子里走走看看。屋子里的老式箱柜带着陈年往事的气息，唯一的电器是一个电视机。院子里养着一头猪，有一群鸡和鸭，还有两只羊，这些动物在陪着他。小院内鸡飞狗跳，鸭噪鹅叫，还有门的吱呀声，给这寂静的山野带来人间独有的情味。

小满，徒步扯袍峪

山里的野果熟了，迎来了采摘季。登山俱乐部组织大家上山去摘野果。

我参加了“柠檬树”户外俱乐部的活动。

扯袍峪，位于西安市长安区杨庄乡汪庄村，在库峪和大峪之间，距离西安约五十千米。从扯袍峪可以直接登上人头山。远望山顶，它酷似沉思的老人头像，故称“人头山”。

扯袍峪属于半截子峪，不通往别处，只通往山顶。我们选择的出行路线是扯袍峪—人头山—原路下山。线路简单明了，所以不用担心会迷路，全程十六千米，对体力的要求不高。

我还是起个大早，急匆匆赶到大巴车上，一个多小时后来到石佛村。这里的道路四通八达，上山的小路很多，通信同样发达，在路不熟的情况下可以导航到扯袍峪。我们是随团的，向导不知已经走了多少次，闭着眼睛都能去，但是二十六个人的队伍也不好组织。向导还是先向大家交代了进山的注意事项：这个地方山道多，岔路口多，村路交错，一不小心就会走错，希望大家跟着他走。如果不小心走散了，最好向当地的村民问路，或留意看路标指示牌。

他说他的，其实好多人根本没注意听，一下车就急匆匆地迈开步子往山上走。

脱离了城市的束缚，连天空也骤然辽阔起来。昂头看天，天极蓝，水一样明澈。大朵绽放的肥硕云团在天空中堆积，又被风吹散。在山边就能闻到夏风独有的味道，醇厚又清冽，像关中的西凤酒。

正如向导所说，刚走几步路，拐角处有一个不太显眼的路标指示牌，指示人们走汪峪村，到扯袍峪。

五月的阳光在路面上闪闪烁烁地跳动着，路边的小灌木和茅草显得苍老而疲惫，小小的不甘寂寞的野菊花荡漾着金黄色的笑脸，蹲在路两旁没有茅草的地方，很吸引人的眼球。

进山的路虽然狭窄，但都是水泥路面。这几年新农村建设的步伐很快，大部分山村都铺了水泥路。党对农村的关心是有目可睹的，为农民办了不少实事。

山脚下，面朝北的时候，一幅气势恢宏的画呈现在眼前：蓝天白云下，树林环绕着村落，山坳梯田里的油菜花已经结了灰绿的荚果，平缓的山坡上是绿油油的麦田，麦子已经抽穗，风中散发着独特的清香。

到了扯袍峪，峪口设有检查站，不收费，登记一下即可进入。这时候有个女士问："扯袍峪这名字很奇怪，是不是把谁的袍子扯烂了？"

向导对她说："你还真蒙对了。"接着，他给大家讲解，"扯袍峪，顾名思义，就是扯烂袍子的地方。据说汉武帝刘秀遭王莽追杀，逃到此峪中，峪中荆棘遍布，在仓促中，他身上的黄袍被荆棘扯烂了。因此，人们称此峪为'扯袍峪'。"

还有一说是，唐太宗李世民在此峪中行猎时，龙袍被树枝扯烂了。

这山这水，只要有了传说，就有了历史赋予的魅力！

我们经过一片竹林，山壑间摇摆着绿油油的竹子，胳膊粗的竹竿笔直向上，像成千上万支梭镖直指蓝天。竹子起起伏伏，绿浪翻滚，响起沙沙的欢笑声，好像在欢迎着我们。

偶尔看到有个"农家乐"掩映在竹林中，但是看不到人，院子的一角放着简单的农具和灶具，墙角还有一个造型独特的木风车，已经腐朽了。一棵树上野生的桑葚裸露出来，我们想去摘，又担心主人责备。向导说大部分村民已经搬到山下去了。听了向导的话，我们以为这是一个废弃的院落，便好奇地走进去。一个老人突然从墙角出来，我们没有打招呼就贸然而入，挺尴尬的，老人却很宽厚，并没有责备我们。他说这里每天都有路过的人，他和老伴两个人孤单地待在这里，盼着每天有人到他的院子来看看。他热情地邀请我们到葡萄架下小坐，那里放着几个老旧的木头凳子，坐在这里，顿感清凉。仔细观察，这是一座古老的房子，土墙颓败，房顶的行条和椽子发黑，厨房靠灶的一面墙焦黑焦黑的，上面挂着几串看不出到底是什么颜色的腊肉。

我们正聊着，他的老伴“浪”（串门子）回来了。她见了我们一点儿也不惊讶，因为这条上山的路上每天都有上上下下的游人。她爽朗热情，坐下来就打开话匣子，絮絮叨叨地说了起来：村里的不少人家都搬下山了，年轻人都外出打工，只有两三户老人留守。他家两个姑娘出嫁了，一个儿子在山下落户，一个儿子进了城。儿子和女儿都让他们到山下，可他俩割舍不了他们生活的村庄，喜欢这里的空气，喜欢住这所祖辈居住过、孩子们在此出生的老房子。

我们的眼睛总盯着院子里那些树上的果子看，老大娘去摘了几颗，递给我们。我迫不及待地放入嘴里，马上就吐了出来，太酸了。她爽朗地笑了，说果子现在还没有熟，等过一个月再来，让我们吃个饱。

我们告别了老两口，过了村庄，一路缓缓地拔高，山路变得越来越崎岖，林木茂盛，山花烂漫，溪水涓涓，峪中的水很清凉。

“驴友”们无论什么性别，无论多大年龄，都像被关久了的孩童一般，嘻嘻哈哈，一会儿在便道上摆各种姿势拍照，一会儿在拉索桥上搞怪，让其他人摇摇晃晃，吓得紧紧拉着桥边的钢丝绳，一步一步小心翼翼地行进，生怕掉到桥下去。

大家顾不上身上大汗淋漓，放下行装就冲入了飞瀑汇入的绿潭水中，水不刺骨，反而有一丝温暖之气。大家时而涉水嬉戏，时而沿潭边崖石走到瀑布下方拍照留念，我觉得这里的水堪比矿泉水，不管瀑布上端是否被人“加料”，喝了两口品鉴，真的好甘甜!

一只布谷鸟从远处飞来，落在一棵高大的核桃树上，引颈高歌：“布谷，布谷……”有人对着鸟说：“你是不是叫得早了一点儿啊？收麦还早着呢。”那只布谷鸟好像听懂了似的，我看它点点头。旁边的一个人说：“关中地区的冬小麦五月底六月初也就收了，布谷鸟叫得正是时候。

这一路上再也没有摘到成熟的果子，有人就提出了抗议：“不是组织我们来山上采摘吗？果子还没有熟，采什么啊？”

领队听了很尴尬，表情很不自然，但还是向大家解释道：“你们在市场上也看到了，有卖樱桃的，也有卖桑葚的，有的早杏也下来了。这都是山里的东西，我们慢慢找吧。”

山路漫漫，云雾缭绕，虫叫鸟鸣，幽静安然，这是特别适合休闲的一条线路。

爬一段路，喊一阵山，唱一段乌兰图雅的《草原醉》：“爱上你的山，爱上你的水，爱上你的草地，爱上你的花蕊……”如开启了一瓶尘封多年的佳酿，醉在山里的溪水中，醉在悦耳的叮咚声中。没承想，这驴吼似的歌唱，像对着一只熟睡的耳朵猛地敲响了铜锣，又像晴空里突然一声惊雷，将山林中的鸟吓得一只只扑棱棱地张开翅膀，乱飞起来，伴着惊慌的鸣叫声。于是，刚才还那么安谧的山旮旯里，刹那间乱成一团。

隐约看到了岩石上的松树！看到松树，就说明快到山顶了，但是这一段是拔高路，比较耗费力气。

在云雾之中，终于到了山顶。

到南边山梁上，有一块空地，这就是观看人头山的最佳位置。走上这个天然的石头平台，发现巨石中间有个圆形的坑，刚好可以放下两只脚。不知道这是怎么形成的，又有何用途，我的好奇心是不是有点儿大?

有一股凉凉的风吹来，远远望去，云雾缭绕，薄雾笼罩着草木，缥缥缈缈，宛如仙境一般，让人陶醉……

两座庙宇建于山顶，是传统的砖瓦结构。这里空无一人，估计师父们出去了。大家在此休息吃饭，也许是累了，吃饭就是香。

有几个人在山上照相，位置是找好了，站在巨石峭壁上，可是周围雾蒙蒙一片，看不到人头山的真面目了，很遗憾。

在山顶待了一个半小时，时间也差不多了，既然老天爷不让我们看人头山，那就下山原路返回吧，有些遗憾呐。

有人吟诗：“香雾今朝重，峡气此地深。楼台迷津渡，名山未相逢。山霭往转回，曲径逶迤归。昏黄虫鸣远，日暮空余音。”

芒种，游太兴山，听铁庙传说

有人组织周末去太兴山看千斤铁庙。我上网查了一下，太兴山位于长安区杨庄张库峪境内，海拔两千三百四十米，风景优美，气候宜人，有“华山之险、峨眉之秀、青城之幽、黄山之云海”之美誉。“终南第一峰”即指这里，其中峰顶庙系铁铸，有千斤之重，不知是怎么搬上去的。传说山顶是神仙们赶庙会的地方，是神仙建的铁柱。还传说古时皇帝征集天下力士安放铁庙，有一神人一顿能吃两升米，是他背上去的。

这立即引起了我的兴趣，我欣然请我们的领队杨工报名，七点从南门上车，大轿车座无虚席，竟然来了五十个人，

天阴沉沉的，冷风一阵一阵吹来。出了城，阴云四合，眼前雨雾蒙蒙，离城越远，天越阴沉，离山越近，雨越大。到了山下，茫茫群山被雨和雾遮蔽，远山近水都隐没其中。我看着道上一片泥泞，讪讪地说：“雨真大，今天真不是爬山的日子。”

天气预报本来说今天会有小雨，但我觉得前一晚的夜空已经星光乍现，今天多半当是多云天气。抱着侥幸心理来爬山，

没想到还真的下雨了，这雨比天气预报说的还大。

入了山口，独特的山云忽隐忽现，充满迷幻之感，远处黛色的山边缘模糊，像浅墨洇晕的模样。

同行的安琪拉莞尔一笑：“不同的季节感受不同的秦岭，不同的天气感受不同的风景，雨中行不是更有意思吗？”她阳光的心态和灿烂的笑抹去了雨天给我带来的阴郁。

进入山中，一路攀升，随着溪水的声响变弱，白杨树没有了，密实的灌木交织成真正的林区。草木间湿漉漉，地面更是湿迹斑驳。今年雨水丰沛，山中草木繁茂，一些路段很快就被遮盖得严严实实了，行走时需要十分小心。我们都拿出了登山杖，用力扒着地面。

爬上第一道垭口，遇上第一座庙，雨夹在山风里，迎面砸下。我们躲在道观屋檐下，才发现山势很陡峭。极目远眺，红墙碧瓦的庙宇坐落在层林尽染的山间，忽隐忽现的石台阶俨然玉带，还有神秘感。

山陌小道掩在谷底，石板小路穿过土房低屋和树林草丛，几个女士打着伞，婀娜多姿。我恍恍惚惚，觉得穿越到了江南的水乡古镇，美女在烟雨中妖娆而行，多么美的画面。

在太兴山徒步，路程不长，来回也就约十千米。在谷底时间不长就爬坡了，到了南天门，天门的石壁岩顶上雨水聚成水柱，吧嗒吧嗒砸下来，在地上形成了水坑。我的内衣已经被汗水湿透了，身上披的雨衣也挡不住风雨的侵袭，外套被淋得湿漉漉的。天是湿的，地是湿的，空气也是湿的，一切都是湿乎乎的。

在这个天门的石洞里避雨，抬眼望去，远山如黛，近山青翠，绿色的树叶吮吸着甘露，将树身滋润，树皮光滑细腻。花草生机勃勃，有几株紫荆花和白鹃梅散落在山坡上，紫荆花肥嘟嘟的，白鹃梅小巧清纯，粉红和白色搭配，对比强烈，甚是可爱。

驻足三四分钟，身上的热汗抵挡不住外面的寒气，体温马上降了下来，浑身湿淋淋的，一股寒风吹来，起了鸡皮疙瘩，我又抱怨："今天出门没有看皇历，出门遇雨，行人苦也，真是不宜出行。"

过了南天门，峭壁上的青松玉树临风，坡度急剧陡峭，路难行，要登山杖和脚并用。

山脚下的狭小平台上有个农家院落，前面有废弃的石磨盘、石碾子，后院紧挨着一个小庙。拐过山道，隐蔽的旮旯拐角处就立着一个道观，它好像不愿意让世人知道，柴门紧锁。小小的石洞里放着某一尊神的雕像，就成了神仙洞府，人朝拜的地方。一路上有人介绍，这条山沟里有七十二座寺庙和道观，也有人说是三十六座或八十一座，总之是很多，难怪说这里自隋唐以来即为道教圣地，留下了众多文物古迹和神话传说。但是现在这里人烟寂寞，可能没有十户人家。这个地方的庙堂和山民的家一样，比如第三处小庙，藏在背阴的石阶之下，窗户都没有，摆放着未燃的香火，没有人迹，里面有神像默立，显得凄苦。庙盖得也不大，高不过一丈，阔不过五间，甚至没有青砖绿瓦，更没有院墙环绕，把神仙的生活水平降低到这样了。

这个小庙门口正对的石山，就是"终南第一峰"，有大红的题字刻在石壁上。直立的盘山小道，有点儿华山的意思了。

后来查资料才知道，太行山险似华山，秀如黄山，群峰挺拔，一些垭口和峰顶有隋唐以来不断承袭的观庵庙宇，久为道教圣地。所以这一路上，我们看到了不少道观和寺庙。

雨下得越来越大，路过几处寺庙和道观，我想进去躲雨，可是门都锁着。绕着院墙过去一看，窗户上蛛丝缠绕，好久都没有烟火了。

我哀叹着："南朝四百八十寺，多少楼台烟雨中。太兴山里七十观，多少神仙寂寞着。"

跟往常一样，我们由领队带着，如南飞的大雁排着一字形的队伍逶迤而行。领队走在队伍的前边，边走边探路，后面还有登山俱乐部的组织者。

十一点多了，黑云汹涌，白雾涨落，此起彼伏，云团在山脊间徘徊着，闪电不时在眼前晃过，时而炫目，时而昏暗。雨越来越大，“雨剑”带着冷风和寒气密密麻麻地射了下来，无声无息，落在地上、树上、草叶上，掉到水泡中，砸在游人雨伞上，撞击得伞面“噗噗”作响。我浑身湿透了，冻得瑟瑟发抖，坚持不下去了。刚好遇到一个道观，在院子里，断后的队伍与前面正在此地避雨的队伍会合了。门前有片空地，堆了不少木头和石料，都是施工材料，看来此观正在维修。我躲在门前屋檐下扣紧衣服，抱着膀子，却找不到一处干燥的地方能坐下来。房檐湿漉漉地滴着水，门前几片树叶子被雨打落，款款地在雨中舞蹈，周围烟雨蒙蒙，望不到边际。这是一个簸箕状的小山洼，房子老旧，墙体风化，上面爬满了绿苔。一大帮人挤在门前屋后，冻得瑟瑟发抖。雨瓢泼似的下着，打在树枝上，乒乒乓乓地蹦跳。我走到一棵大树下，孤独地站在一个无人的世界中，寂寥如斯，我的身体被雨淋透了，心也凉透了。远处的山在雨中静默着伫立，无声无息得令人恐惧，站了一会儿，身上更冷，腿也酸了。

一会儿，听到隔壁有细微的声音，我循声走了过去，原来是同行的朋友从一个破门缝里钻进了道观。我跟着钻了进去，脱下雨衣，卸下行李，喘了口气，也不管凳子上积了多久的灰尘，一屁股坐了下去。我拿出包里的另一条裤子，套在身穿的裤子上，换了一件干爽的短袖，再披上湿漉漉的外套，虽然不暖和，却清爽了一些。神坛和供桌上都有香炉、香炷和打火机。我说："雨太大，没地方去，到此打扰了，上炷香吧！"我们俩都上了香，我又拿出零钱做了布施，才心安理得地坐了下来。还不到十二点，肚子也不饿，可为了增加能量取暖，我们俩从包里拿出吃的，有糖酥、西红柿、苹果、橘子等。可是天太冷了，不愿意吃那些凉的东西，同行的朋友拿出一包方便面泡了，喝着香辣的汤，比吃大餐还过瘾。

肚子里稍微填了点儿东西，我们仔细地观瞻佛菩萨像。我心里默默地想，我们这些俗人，贪红尘烟火，恋尘世温情，几十年来，学习、工作、结婚、挣钱、往上爬，为了功名利禄，生命之希望，亲情之暖，爱情之美，友情之甘，名利之丰收，每一样都让俗人动容、留恋，舍不得放下。人生还有疾病之痛苦，失去之纠缠，死亡之恐惧……一切缘于不能看破、放下、自在，何时才能置身于清幽的世外，在深山的一个小庙堂里，放下尘世的一切，听听诵经之音，沐浴心灵。我看了很多佛经，研究了古今中外许多人的哲学思想，一直觉得看破、放下、自在，不是一个说法，不是一种勇气，也不是一个过程，而是一种智慧，是佛教所说的般若，也许是修行到一定程度的禅定或顿悟——看破世界是空，放下名与利，割舍情与爱，一切都是过眼云烟，生不带来，死不带去。

遐想了一回，一阵冷风吹来，我打了一个冷战，又回到了现实中。当下该如何取暖？找点儿可以取暖的东西吧。朋友打开柜子，揭开坛坛罐罐，有米、面、油等，还有许多网购的纸包装箱，大多都没有打开。这都是春暖花开时隐士高人在这里置办的生活用品。我们一一放好，保持原状。

室内光线不好，我钻出了门，深深呼了口气，环顾了一下四周。山上的雾慢慢地大了起来，而且越来越浓，放眼望去，整个山岭都笼罩在一片白雾当中，似真似幻，缥缈、美丽而又神秘。我们仿佛看到了瑶池仙境，又仿佛进入了云涛雾海。道观院落前有几棵老树长得很高大，蟠枝虬干，直耸入空中，树杈上每隔二三米就有一个老鸦的巢，天空灰蒙蒙的一片，烟灰色笼罩着树林。

两人在这样的环境里避雨，闲得无聊，便攀谈起来，说了很多很多。慢慢地，我冷得嘴唇哆嗦起来，说话也不利落了。朋友说出去一下，剩下我一个人，周围一片寂静，凉意森森。

十多分钟后朋友回来了，我突然有了安全感。原来这位朋友看我冷得哆嗦，非常善解人意，悄悄地出去找到了柴房和厨房，想生一堆火让我取暖，我很感动，身上竟然有了一丝暖意。我找到了一个空纸盒子，两人一起到厨房灶膛里生着了火，山柴很硬，火势很猛，很快就暖和了起来。木柴燃烧后的炭火是那样红，那样火热，那样温暖，这不就像朋友的心吗？

人生何处不相逢，一个善良的人、有爱的人，总是能给人带来温暖。

不知不觉间我们已经在道观里待了两个小时，身上的寒意没了，心里也暖洋洋的，有了点儿精神，接着爬山。

窄小的石台阶越来越陡，越往上，路越难走，很多地方没有适合人行的路段，盘道拐弯处石台阶塌陷，很难通过。最危险的一段，侧面的石壁上挂着铁链供人抓扶，很多人望而却步，打了退堂鼓，打道回府下山了。

要不是惦记着传说中的铁庙，我也不想上去了。人们互相打气壮胆，鼓励彼此前行。有些年轻人体力好，身手矫健，弯着腰就上去了。我年老体弱，四肢着地还战战兢兢。才爬上去几十米，双腿就开始发颤，我咬着牙小心翼翼爬上来。上了山，来到稍微宽阔的地带，我这才松了口气，才有心情观察四周的景致。山顶有一座大的道观，两进院子，大门的门楣上有“太兴山”三个红字。在“无量殿”后面还有四座庙宇由近及远依次排开。

最远最高的小房子，就是铁庙。我终于上来了。假如你从没有登到过山顶，在我看来那就是一种遗憾。不管山是高是低，总要去征服一次，因为只有到了山顶的那一刻，才能体会到“会当凌绝顶，一览众山小”的感觉，才会拥有一种悠然自得的心境，更重要的是，这是一次自我挑战的成功。

铁庙在岱顶的最高峰——天外天峰上，海拔有两千三百六十米，四周悬崖峭壁，奇险无比。有民谣曰：“天外天峰绝谷关，五大天险在此间。鹞子翻身头道关，人人见了心胆寒。猴子抱桩二道关，老君犁沟上下难。铁板桥前铁箍头，回心石前魄飞天。果老骑驴是天险，好汉移步腿打战。”天外天峰不仅奇秀为终南第一，而且险峻可与华山媲美。华山为景区，其危险地段都有栏杆、铁链、安全带保护。但是铁庙只是在猴子抱桩和老君梨沟处有铁链，其他地方没有任何保护设施。

费了这么大的劲，终于来到这个地方，要仔细瞧一瞧：铁庙长约八十厘米，宽约六十厘米，高约六十厘米，顶高约二十厘米。其四壁和顶部都是分开浇铸的，而不是传说中的整体浇铸。铁庙里供奉着道教始祖太上老君。

那么铁庙是怎么安放上去的呢？这便是“千古之谜”了。即便是胆大的人，也要手脚并用上天梯，过鹞子翻身、猴子抱桩、老君梨沟等危险地段，更别说背那么重的铁庙了！传说是神仙放上去的，也有一说是古代一个大力士背上去的。反正以现代人的思维，无法想象古人是怎么把铁庙放上去的。

我们不是考古人员，对这些兴趣不大，到此一游，就算完成任务了。

上山淋雨，冷得哆哆嗦嗦，打过退堂鼓，抱怨过老天，可是下了山，又觉得不虚此行。春天里最浪漫的事，莫过于观雨。人生惬意的事很多，雨中行也算是放松吧！这次太兴山一游，从早到晚，雨淅淅沥沥，山色迷蒙，树木葱茏，寺庙虽无渺渺梵音，心中却宁静。

夏至，高冠峪避暑

每年盛夏，古城西安便变得异常炎热，宛若蒸锅上的笼屉。为了消夏避暑，很多人会选择去秦岭深山。

这不，夏至到了，古城上空的太阳似一个大火球，柏油路面和建筑物的墙壁犹如火炉一样烫手。走出房间，一股热气立刻吞没了全身，空气中翻滚着热浪，身上的汗水源源不断地流出。从早到晚，这热的劲头很大，没有停歇的时刻，热得人受不了。

“驴友”们不约而同地决定进山。

次日早上，酷热要继续发飙，早早起身的我，将登山包扛到楼下，放到车上。一行人匆匆吃了碗清汤牛肉面，向高冠峪驶去。

下车后，买了门票，入了山门就是景区。

早起的鸟儿在枝头梳理着漂亮的羽毛，不时发出欢快的鸣叫声，欢迎着我们的到来。

这里的峪沟即溪沟，山下建了几级水坝，使水蓄高，河面变宽，形成了一个个水潭。有游泳场、漂流地，两边的“农家乐”

和娱乐场所都有自己的特色，最有意思的是麻将桌直接放在浅水滩上，一些客人赤脚在水里打麻将，这些人真是会消遣和享受啊！

往山上走，峪里的溪水有十几千米，从山顶欢快地蹦跶而下。这里的水，充满了灵性和故事，一道滩、二龙泉、三道湖、四级漂、五丈龙、六道坝、七星湖……风拂绿水，波光粼粼，不一样的水域，不一样的风情。

山花正艳的季节，杜鹃、玉兰、山苍子、蔷薇、山茶……数不清的奇花异草，姹紫嫣红，在青黛之间、树影婆娑里隐匿、闪现，目睹的刹那间便坠入梦一样的境界。几只蝴蝶，飘飘悠悠飞进花丛。置身其中，感受到一种恬静的幸福。这些花，白的素雅，黄的高贵，粉的水嫩，五颜六色，像出嫁的新娘，打扮得花枝招展，在浓浓的绿荫中吐尽芬芳。

远处千山万岭中云锁雾障，隐约可见一片葱郁，一切是那么唯美。我立刻有钻进深山老林的冲动。我们一行人绑好裹腿，背上包，拄着登山杖，蛮有“驴友”的样子。山路蜿蜒曲折，高低不平。我们行进在山间密密的松林里，惊起一群群飞鸟。不到半小时，就翻过一座山，离城远了，公路已看不到了，四周寂静空旷，只有山风偶尔轻拂过来，丝丝凉意扑面而来。树上的蝉鸣个不停，声音很响，一浪高过一浪。突然，一只小松鼠看到我们，机警地翘起长长的大尾巴，速度极快地向草丛蹿去，转眼间跑得无影无踪。几只蝴蝶在空中乱飞，翅膀五颜六色。同行的小杨由衷地赞叹：“这地方真美，空气又好，山村生活宁静，人也心情平和。如果在这里隐居，那每天一定很惬意舒适。”我们开玩笑回答他：“听说这山里有几千个隐士，你看哪一块合适，我们出资给你搭建个茅棚。一个木鱼，几卷经书，修炼成仙，悟道成佛，岂不快哉！”

说曹操，曹操就到。前面山顶有个小庙，我提议：“庙周边比较空，适合休息。”几人加快了脚步，噌噌就到了。山顶上无人看守的小庙，里边有几尊菩萨像。没有守护的僧尼，也没有香客，只要修心，哪里都是道场。只要不恋红尘，远离世俗岂不更好？想到这里，我突然豁然开朗，面向朝阳，长吁一口气。天高云淡，空气纯净，四野空寂，青山绿水，一览众山小，顿觉空明舒畅。几个人跪着磕了几个头。此刻，山顶上除了我自己的呼吸声外，没有其他任何声响，寂静得如同远古。草尖上的蝴蝶、和煦的阳光、温柔的风，仿佛都凝固了。要不是担心后半段的行程，我真愿意就这样一人呆立在秦岭上，看云横秦岭，想岁月沧桑。

稍事休息，我们喝着茶，吃着新鲜的黄瓜、西红柿，隔年的苹果、梨和花生，就着面包饼子，补充体力。同行的一个哥们儿细心，还带了几份凉皮，拌上调料，竟十分美味。这平时不起眼的小吃，这时候在高山上，赛过鲍鱼。

我抱着膝，把目光投向天地。

蓝天上，荡漾着朵朵白云，白云悠闲地散着步，令人遐想。

白云下的林海，山下等待收割的庄稼，绿黄交织成锦，梦幻般铺陈在天地间。

山坡上开满了野花，小小的花朵，红的、白的、绿的、黄的，还有说不上什么颜色的，都在静静开放。这些野花零零碎碎，毫无争春之意，东一朵，西一朵。花朵上常有成群的蝴蝶，五彩缤纷。还有鸟儿来凑热闹，叽叽喳喳地叫着。据说这里鸟的种类有几十种。

花草吸收着前一年树下落叶的养分，小虫在小草上喝着露水，蜜蜂在花蕊上采蜜，鸟儿飞过来吃着小虫，形成了一个食物链。

看着这些，我的心扑棱棱飞上了天，凭空生出一双翅膀来。

下山通往另一个山峰的路像是一架直立的悬梯，个别陡的地方有石阶，其他地方全是泥石路，直打滑。我们用登山杖支撑，抓着树枝藤条，蹒跚而行。行至山腹，回头看看壁立千仞的山峰和那掩映在树林、草丛中几乎不可见的小路，后背上沁出冷汗。

快到山底时，路才平缓了，听到前边传来溪水淙淙的声响，我们一路小跑过去。出现在大家面前的是一股小溪。溪水清澈见底，在大小不同的石头间流淌，好像飘荡在山间的一条白练。山势陡峭，溪水每流过一段平坦的石滩，便会遇到一个落差二三米或者更大的断崖，由于流水常年冲刷，断崖总是比较光滑整齐，下面是一泓小潭。水中的石头清亮干净，水在石缝中钻孔而下，贴着崖壁悠然地滑向深潭，有“叮咚”的泉声。只有偶尔遇上凸起的石棱，或倒横在水中的树木，才会发出“沙沙”的声音。石壁上的青苔晶莹碧绿，像翡翠一样，水里的树根胡须般飘着，呈咖啡色或白色。从开阔一些的水潭中，依稀能看到蓝天和白云的倒影淡淡地隐藏在浓浓的绿色之中，似有似无的样子。这时，另外一个全是女士的团队，从对面的山上下来，与我们在溪水旁碰面。她们大呼小叫，惊叹着山的美丽和溪水的清凉，声音如银铃般在山谷回荡。其中四个女人急忙向小溪走去。看她们香汗淋漓，拿着手帕擦着，我也立刻感觉到此时太需要一汪清水洗去一身的疲乏和污浊。大家都不客气，女人也不再矜持，径直扑进溪水里。溪宽处有数丈，水有半滩，布满了大大小小的石头，水势平缓，窄处不过一二米，水深流急。往上数十米处，有一个高六七米的坎，水从高处泼下，形成二尺来宽的瀑布，似白练飘舞。离得近了，迎面扑来一阵凛冽寒意，让人顿觉精神。

几个女士挽起裤腿，下水洗脸濯足，撩水玩。一位撩起水，洒在同伴身上，同伴一声惊呼，接着娇笑了起来，撩水向对方还击，在小河里无拘无束地尽情嬉闹起来。

我们一行另辟一处，浅处水漫脚面，稍深处水竟没过膝盖。水很凉，那股清凉从脚心一直蔓延至发梢，把登山的汗水和疲劳，一瞬间飘散在那片静谧的绿色之中。脚下有粗沙和豆子大小的石粒，硌得脚生疼。不一会儿，几位女士带着惬意和笑声走了，我们干脆脱掉上衣和裤子，只穿裤衩，走入深潭，全身浸泡在水中，感觉到浑身上下的毛孔仿佛全被打开了一般。张开的毛孔好像在贪婪地汲取什么精华一样，刚入水的那种冰凉感随着毛孔的“呼吸”而逐渐消失，全身无比舒爽。可惜潭水面积不大，不能畅游。潭水闪着蓝幽幽的光，忽一阵风吹来，荡起一层又一层涟漪，这倒给了我们灵感。我们开始在里面撩水，用掌击水，打起水仗来，开心得像小孩一样。泡够了，直接爬上来，找块大石头躺着，阳光灿烂，晒得石头犹如热炕，将全身皮肤熨烫得舒舒服服。仰面躺着望天，天高且空阔。半个小时，衣服也干了。

我们玩水，逗来了一些蜻蜓、蝴蝶，它们在我们头顶悠闲地飞舞，只要不受惊吓，就可以让我们亲密接触数十分钟。我惊讶于这些小精灵的飞行能力，它们在空中或上或下，或左或右，或者停在空中不动，太厉害了。

小暑，太白山观云海日出

秦岭最高的山峰是太白山，而冰晶顶则是太白山以东最高的山峰，海拔三千零一十五米，一般人是很难走上去的，去过的人都很骄傲。我没有去过冰晶顶，一直很向往，这几年登过几次山顶，有了点儿信心，决定参团去试试（这是十年前的一次参团活动）。

领队说从景区走有两个好处，一是安全有保障，二是有一段索道可以坐，节省很多时间和精力。

穿越太白山，路线是从北坡到南坡，穿越下板寺—上板寺—天圆地方—小文公庙—大文公庙—大爷海—拔仙台。太白山横跨太白、眉县、周至三个县城，最高处为拔仙台。登山者依次攀过红河丹崖、斜峪雄关、古枫幽境、桃川曲流、斗母奇峰、平安云海、太白明珠，到拔仙绝顶。

这次活动的主题是观云海日出。

车经泼墨山，如同仙境的秦岭出现于眼前，千山连亘，万壑纵深，美轮美奂。

这个队伍共十五人，年龄大多在五十岁以下。路长且陡，还要在山中宿营一夜，不适合老年人。领队叫山炮，拿个大喇叭召集人，以免大家走散。他一吆喝，我就想起小时候放羊的情景。

从下板寺到上板寺新村，一直都是人工修建的木质台阶，比较好走。台阶两侧植被丰富，树很多。沿途树的浓密程度不同，光线就忽明忽暗。阳光透过层层树叶洒下，形成光斑，偶有阵阵凉风穿过树林扫来，有时还能遇到小松鼠蹿过脚底。走过重重台阶，穿过密林，走过青石，终于到达上板寺新村。

领队经验丰富，走在前面，他说上山要锻炼身体，不坐缆车。他的节奏正好，遇到平缓的坡或者栈道，速度稍快点儿；到山脊或陡坡及密林处，速度放慢，及时回头清点人数；个把小时歇息十分钟，讲解可看的景观。渐渐地，越走越深，树越来越密集，空气也好像稀薄了。我比他们大，体力差些，深一脚，浅一脚，走了近两个小时，脚开始发软，越来越吃力，反应似乎也有些迟钝了。领队大声喊着，再加把劲就到第一个目的地了。我明知道领队此刻说的是鼓励打气的话。他几步蹿上了一个小山丘，我努力平复着自己的喘息，也跟着猛蹿了几步。拉风箱似的喘息声越来越大，我觉得自己确实疲惫不堪了，主要是腿疼。

三个小时后，踩着厚厚的落叶，景色才丰富起来，一会儿蓝天白云，一会儿大雾弥漫，人便来了精神，期盼更美的景色。穿过崎岖的小道，到了古枫幽境，大家被深深地吸引了。

山里昨天下了雨，此时山色空蒙，远近高低的山都被染成了青黛色。有雾气从山头蒸腾而起，缭绕成一团淡淡的心绪。

太白山是云的故乡，你能在此看见云儿变幻的所有姿态。高山顶上，轻纱般的薄云，趴在坡顶闲适地随风缓缓飘舞；更远处的一朵一朵小云，似一群羊，嬉戏着，蠕动着，飘荡着；还有那雾一般的云，在山间变幻；那水波般的云，极淡极轻，缓缓升在蔚蓝的天空……这云是山的仙气，吸收着山里的精华，与天相接，万千造化，十分神秘。观云也是要看缘分的，需要机缘凑巧。碰上雨过天晴的好日子，可以看到如锦缎一样随风浮动的云海，看到如潮般涌动的云浪……

午餐后，我们不敢久留，开始上更高的山，一路景色美不胜收。往前看，远远地挂着一条起起伏伏的朦胧山脉，山坡上开着稀疏的紫色花朵，路两边均是高过头部的树枝，鞋底与落叶摩擦，“咔嚓咔嚓”声此起彼伏。我们一个跟一个向前走，小路弯弯曲曲，不时会露出几个浑圆的石头。我们小心翼翼地攀登着，不时有人拿出相机抓拍路边美丽的景色，大家都很兴奋，一会拍这，一会拍那，忙得不亦乐乎。

到达下板寺之后，山势陡显，所有疲惫仿佛都集中到腿上，腿部的痛感荡向全身。我双手拄着登山杖，把一半的身体重量都压在手上，尽量减轻腿的压力。同行的一个女士，比我的体力还好，她看到我额头上的汗水和手脚并用的爬山姿势，说：“你的体力不行啊！”我心里说，这不是废话吗？爬了一天，谁的体力也受不了。

不久便到达天圆地方、拜仙台和分水岭石碑的位置，此时太阳高照，两岸是高大的古树，粗壮的青藤，可以欣赏到原始森林的雄浑与苍劲。大家纷纷拍照留念。

我一屁股坐下去就不想起来了，小腿肚子却又抽筋似的痛，我疼得直呻吟，想打退堂鼓。领队过来关切地说："你不能坐得太低了，那样屁股和腿疼。"他让我坐高一点儿，缓解腿部压力，并让我揉揉腿脚。

呼吸呼吸高山的空气，欣赏欣赏美景，吃了几根火腿肠，我感觉好了一些，尚无高原反应。

又要出发了，我一挪动，疼痛又发作了。领队说，过几日，一切症状就会消失，还是咬紧牙关坚持一下。说着，他过来搀扶我。我说："我能坚持，放心，不会拖你的后腿的。"我背上包，手足并用，继续爬行。

山上的雾气越来越浓，渐渐笼罩了整个山谷，十米之外看不到人影，偶尔听到其他登山者的说话声、叫喊声。好友笑着向高空大喊，和他们打招呼，大喊："我们到仙境啦！"

经过了近三个小时的跋涉，冲过一段木制台阶，便到达了今天的落脚点小文公庙。一到顶，我便不由自主地瘫软了，直喘粗气。

喘口气，看看四周，头上是蓝天白云，脚下山峦堆叠，此时我方真正体会到了那句"会当凌绝顶，一览众山小"所抒发的情怀，人的心一下子变得无限开阔。

半小时前看这个山顶，浓云密雾铺天盖地，白浪翻滚，烟波浩渺，到了这里看到的不过是丝丝白云，真是奇怪。

小文公庙往后的路程从下午四点之后就不开放了，所以我们就住在小文公庙，每人一百元，条件还可以，架子床，一床一被。就是吃的喝的贵，所有景区都是这样的，也可以理解。

有几个体力好的年轻人背了帐篷，寻了一个宽阔地带，搭好帐篷，自己准备吃的，这才是真正的“强驴”。

在小文公庙这个位置，可以观看日出和日落，这是个不错的落脚点。

我四处闲逛看景，远望南方，东西横列的拔仙台、跑马梁、西太白山尽收眼底；眺望西北，桃川曲流隐约可见。云从山腰过，鹰在脚下飞，而太白山诸峰如大海上的岛屿，都置身在云海缭绕之中，这里一个，那边一群，以各种姿态浮在云雾之海上，沐浴着绚烂的晚霞，变化多端。时而云涌涛起，时而风平浪静，露出云外之峰犹如大海中的小岛，令人犹如置身于神话世界。

爬了一天山特别累，我早早就躺下休息了，后半夜冷，被冻醒了，我把衣服披上，裹紧被子，还是冷。

早晨五点后，已经可以听见嘈杂的声音，有吆喝声：“该起来看日出啦！”人呢，闭眼和睁眼就是两个世界。昨天看了日落，今天一睁眼就要看日出。日落是沉潜，而日出是希望，是光明，是新的一天的开始，

我睡了一夜，仍然没有缓过劲来，还赖在床上不愿起来。

领队过来喊我，我动了动发酸的双腿，打着呵欠，穿衣出门。在朦胧的天色中，我还没有完全清醒过来。我的习惯是晨起必须冷水洗浴，才能清醒过来，否则一天都迷迷糊糊的。这山上

无水洗浴，眼睛上还黏黏糊糊的，似乎蒙上了一层雾，鼻子里有异物感，人迷糊着，天也迷茫着，走路摇摇晃晃。

山上的雾气还没有散，从眼前慢慢飘过，用手一抓，却什么也没有。天还黑着，加上雾，但见山峰影影绰绰，我心里想喊：为什么起这么早啊？这时看见几个女士走出来，一路叽叽喳喳挺兴奋的样子。天冷，她们披着厚厚的坎肩，坎肩被风鼓起来，我这才感觉到冷，裹紧了冲锋衣。

大家都在找最佳观赏位置，三五成群地站着坐着，人越聚越多。我就很纳闷，这山顶什么时候来了这么多人？

山顶上，风还真不小，有些人还穿着单裤，冻得直淌清鼻涕。多亏我们的领队有经验，千嘱咐，万叮咛，让我们带冲锋衣和抓绒秋裤，这会儿派上了大用场。

日出还没有来，云渐次从遥远的天边奔涌而来，在山上贴地而过，有的如锦缎一样抖动，有的像轻纱一样飘拂，有的像黑夜中大海上的浪头，有的像江河一样奔腾，有的如海潮一样汹涌……

时间一分一秒地过去，所有的人影都屏气凝神，面向东方，怀着朝圣般的心情，等待那最激动人心的一刻。我联想到有些动物有拜日的习惯，人何尝不是如此，盼着日头，过着一天的生活。

不知不觉间，东边天际渐渐泛出了曙光，旭日慢慢从云层中冒出，又隐入云层，看不出光线的主次，没有什么轮廓。海天相接处出现了一个红点，微红的光线与白色的雾勾兑之后，成了浅浅的晕，后又染成橘红，接着变成了深红，渐渐地，一个金色的圆边出现了，云海和雾气慢悠悠地后退着。一秒，两秒，三秒……远处的圆边升腾、扩展，太阳的轮廓比平时大得多，好像抖落几下，随后缓缓升起，渐渐变成一个金红色的半圆，推开遮挡着的云霞，拖着云雾跳出来。云也借着朝阳沸腾了，它披上霞光，在山头鼓荡而出，势不可遏。

看过日出，拍照留念之后，我用矿泉水淋着洗了一把脸，瞬间清醒。又是崭新的一天，而昨天就此成为永远。

看完日出，我们直接出发，穿越石海，一路曲折，大概用了两个小时，终于到达大文公庙。我们稍作休息，继续前进，不敢耽搁，下一站是大爷海。

中午到达大爷海——太白之眼，高山明珠。我将目光投向远方，朵朵白云像白色的蝴蝶，围绕山峦，翩翩起舞；近处，人在云旁，雾缥缈而过，云太神奇，太纯粹，让人产生一种敬畏之心。

我坐在石边观云赏山，体会王维的‘行到水穷处，坐看云起时’的含义。

接着又是艰苦的跋涉，我机械而痛苦地走着，觉得小腿的肌肉很疼，每挪一步，便像有把小刀在肉里划。虽说以前也多次进山，但只是在往返十五千米的范围内，我从没长途跋涉进秦岭腹地。

许多次，领队要帮我分担一些行李，但我不忍心麻烦别人，我看他爬坡时也显得很吃力，喘着粗气，汗水一直流着。

经过片刻休息，我觉得腿有了些劲，呼吸也平顺了许多。山风吹着汗津津的脊背，冰凉冰凉地爽。

下午回到拔仙台，这里有“一日历四季”之说。俯瞰周围，群山环绕，大气磅礴，真有“一览众山小”的感觉，我感到所有的疲惫都是值得的，心中顿时涌起一股豪情，天地之大，舍我其谁?

我还没有发出几声感叹，也没有来得及吟诗诵词，就被时间催着返回了。

大暑，抱龙峪烟雨蒙蒙

安得周末双闲日，约好去抱龙峪。

路上空气中氤氲着湿润的气息，东南方向的天空不断响起“轰隆隆”的雷声，雷声迅速由远及近。雷公公把天上的大鼓一敲，好像告诉人们将要下雨的消息，镶着白边的黑云也翻滚着迅速向我们这个方向移动。农谚说，早怕东南，晚怕西北。

到了山口，天空低垂下来。进入峪口，不经意间落下几滴雨，燕子在低空箭一般掠过，雨滴变成雨丝。透过烟雨远眺，云低山高，大地静默。老陈说爬山遇雨，比较危险，要改变方向。我想随遇而安，徜徉在斜风细雨中，置身于群山的环抱中，感受天地相接，这也是一种大美。

早晨的风有股甜香味，那是地边茂盛的青草和花混合在一起的味道。转向抱龙峪，夹山的道路边有土房低屋，鸡鸣狗吠，尽显田园恬静。

雨淅淅沥沥地下了起来，苦了行人，乐了花草，花草伸着身子，尽情地吮吸着春雨的营养。顷刻间，大地身上的绿衣更显靓丽鲜艳。

前面有一女子，穿旗袍，打雨伞，雨簌簌地从伞上滑落，她的长发从腰际垂下，感觉很唯美。我揉了揉眼睛，不敢相信这一切，因为这样的镜头只可能出现在江南水乡的深巷中。在秦岭的大山下，村民不可能有这样的打扮，也没有这份闲情逸致，难道我穿越时空了？我紧走几步，赶上前去看个究竟。我越过了她，擦肩而过时，回眸一看，是一个年轻的女子。我好奇地问："姑娘，你是从江南来的吗？"

"不是，从西安来的。"她一点儿也不认生，爽快地回答。

"看你这身打扮，我还以为是江南水乡来的姑娘。"

她嘿嘿一笑，做个鬼脸，伸着舌头说："你也以为我是江南来的吗？"

"是，我还以为穿越时空了呢。"

她莞尔一笑："我们这叫行为艺术，穿旗袍，打油纸伞，雨中漫步。一路上有好几个人都认为我是从江南来的。"

噢，我突然明白了。

讨论中，我感觉雨迎面而下，流入脖颈，我打了个喷嚏，可惜没有带伞，只好将外衣披在头上。

迎风向溪流上方而行，云雾深处，天阶渐陡，似入天幕，山间泉水叮咚声不绝于耳。过了一重又一重山，半山腰有并不雄浑的瀑布在飘洒，遮挡着后面的坎口，比人们想象中的水帘洞逊色了许多。坎口间搭了两个小屋，小屋里供奉的却是玉皇大帝。

漫山遍野，东一簇，西一堆，不规则地涂抹着红、黄、紫、白的花环，一山比一山灿烂，一坡比一坡浓艳，越向高处，颜色越深。

走上山巅，天似乎低了，风似乎大了，在山下望见云在山间环绕着，站在山头，却不见云，也摸不着云。眼见的和实际情形永远有差距。远处层峦叠嶂，各个山头还是雾气弥漫，所有的山都被阴云层层封锁，穿过去了，还是一样的山，一样的路。

我们正在拍照，天空的乌云也在忙活着列队排阵。刹那间，一片刺眼的白光闪过，几声响雷贴着地滚过来，一阵狂风刮来。不一会儿，小水珠从天而降，滋润着大地，雨下得越来越大，像泼，像洒。

雨中，有人躲在伞下，有人躲在树下，也有勇者一往无前，风雨无阻。我们只好躲进山岩下避雨。

山间羊肠小道旁，本来生机勃勃的小草被风摧残得耷拉着小脑袋，花被雨打得无精打采。

雨淋湿了头发，打湿了衣角，一切都是湿漉漉的。

慢慢地，雨小了，不少人撑起雨伞，继续赏景。这雨一点儿也不影响他们的雅兴，也许反倒增添了另外一种风光，眼帘中隔了一线烟雨的朦胧。

我和老陈走出崖下，见被雨水打得垂头丧气的小草又伸直了腰，变得神采奕奕了，它变得更绿了，似乎闪烁着光。落在地上的花，却永远回不到花枝上了，花瓣碎了，花蕊烂了。

我边走边想：小草真的很坚强很勇敢，虽然出身低微，但它们为了生存，不怕苦，不怕累，在什么样的环境中都能生存，什么的困难都能克服。被风吹倒了，重新站起来；被雨水淋了，变得更加美；被霜杀了，会结出秋籽；被严寒冻死了，会来年再发，真可谓“野火烧不尽，春风吹又生”。

是继续前行还是驻足遥望这苍凉的美丽，是向小草学习还是做温室的花朵？正在犹豫间，突然天光大开，一束光线似从手电筒中发出一样，从上边直射下来。山显得格外清新亮丽，草绿得像是披在山上的绿毯，云开雨住，一切空明。这样的天气，由阴突然转晴，就像人在徘徊中，许多事看开了，便会峰回路转，许多梦看淡了，便会云开日出。生活就像爬山，穿过狭隘的羊肠小道，也许柳暗花明又一村。山峦间，薄雾似轻纱谢幕，缓缓退去，柔光似温暖的风拂山而进。接着，群山明亮，沐浴在温暖中，一丝阳光潜入心中，来时的雨淋，爬山的疲惫，一扫而光，感觉连风都是清澈的。这时的风景，有被雨水洗礼过的纯净，被春风拂过的明朗，演绎着天地间的大美。草更绿，花更香，天更明，山径也仿佛开阔了许多，穿行其间，清风仿佛从花草间溢出，沁人心脾，溪水似吸满墨汁的毛笔顺势而下，丰盈而飘逸。沿着上山时的路回转，仿佛经历了不同季节，联想到人生也像一场轮回。眺望山下，原野边的城市跃然在目，我没有领略过悠然见南山，这次在蓝天之下、群山之巅，看清了大千世界，心里顿生一份空灵。

立秋，大坝沟“情人谷”情意浓

在秦岭山麓深处，一条由关中通往商南的路边，有一个美丽的山村，叫大坝沟。这条古道在唐朝时，每日商贾不断，唐代大诗人韩愈留下了“云横秦岭家何在，雪拥蓝关马不前”的名句。现在走商南，翻秦岭，很少人走这条路了，大多走高速公路，这条老道主要参与当地的农耕生活和旅游。

我多次到秦岭大坝沟，住在亲家的山居里，房子面积不大，前边有一个小院，院子前边用木棍扎成一个篱笆墙，紧靠进山的水泥路，路下就是流水淙淙的大坝沟，后院紧贴大山。这山居有山村的幽静，又有城镇的各种生活设施，舒适、便利、惬意。

夏季的古城，烈日炎炎，热风扑面，我和亲家带着女儿、女婿、小孙了，来山里度周末。我们经常来这里消夏避暑，爬山游玩，沟边看水，树荫下看书，烧烤品酒，森林世界的如烟往事常浮现于梦中。

清晨，我被屋后山林里的鸟叫声吵醒。天蒙蒙亮，这房间的窗帘是薄纱，很透，但因为前后院无人，也不用担心别人偷窥。

我透过窗帘向外看，天色一点一点亮起来，鸟叫声渐渐稀疏，换了屋后的公鸡来打鸣，“喔喔喔”，真是唤人起床的好闹钟。

山里的早晨来得早，我洗漱完走出屋门时，发现昨夜才下过一场雨。淡淡的雾气低低地压在山头，远山一片青黛。

吃了早餐，我们坐在房门前沟边的老柳树下喝茶闲话。山间寂静，那流水声显得格外清幽，蓝天白云下是巍峨的青山，山坡上绿草茵茵，鸟飞来飞去，欢畅地跳着舞，小蜜蜂在花前追逐，一会儿围着人转圈，一会儿在水边的百花丛中采着花粉。

阳光透过树荫，在院子里的青砖地上洒下斑驳的影子，在这样的氛围里，人无论是说话还是不说话都很惬意

我们乘着凉，和亲家一家子唠着家常，逗弄着乖孙子。这年月，家住对面不识人，人情淡薄，能像我们这样三代人三个家庭聚在一起，其乐融融，真是难能可贵。

晌午的阳光像是穿过了晶莹剔透的冰一般，抚摸在脸上，洁净而温暖。院子里静谧安详，在躺椅上打个盹，用打坐袍包裹住腿和小腹，上半身任阳光和秋风肆意地撩拨。如此享受着的，是一闭目躺在竹制躺椅里的老者。老者鹤发童颜，阳光闲散地洒满他的周身。老人并没有发现我的到来，陶醉地晃动着“二郎腿”，手指在躺椅左边的小木桌上有节奏地轻轻敲击，悠闲而惬意。小木桌上放着老式的竹皮暖水瓶，茶杯上缭绕着热气，一台老旧收音机在为此情此景伴奏。

午后消食，到沟的东边走走，山道上那一棵棵粗壮的树中间又生着好多灌木和乔木，它们一样茂盛，错落有致，谁也不

占据谁的空间。阳光透过浓密的树林，投下疏疏落落的斑点。仰首看天，万道金光从茂密的枝叶间奔泻下来，刺得人眼有些迷离。漫步于小桥之上，听着脚下“哗哗”的流水声，有着一种恍如隔世的感觉。人在其中走，凡人也成仙。

下午回来吃饭，桌子上摆着当地采摘的八月炸和一些山里的野果。这是一个成熟的季节，八月炸的果皮炸开了，露出甜蜜的瓤，蜜蜂在花丛里嗡嗡嘤嘤，五味子一串串，像个棒槌，红艳艳的。亲家母在菜园里摘蚕豆，这季节蚕豆最好吃，炒出来又酥又嫩，简直入口即化。女婿烤了羊肉串，又烧了一锅小米稀饭，虽然简单，但很有特色，也很新鲜。外孙伸着小手，吃了好几串羊肉，还喊着要吃肉肉。

隔壁的邻居也在烧烤，热情地和我们打招呼，又送过来一条烤鱼。城里人对门也不相识，到了这大山里，陌生感都消失了，大家互相热情地打招呼，串门聊天，喝酒吃烧烤。

当地的一个女孩正坐在小溪旁捶衣服。我拿了个鱼竿过去钓鱼，顺便和她聊聊天。

我由衷地说：“挺好，这个地方像神仙居住的地方。”女孩甩甩手上的水，伸手将额头上垂下的头发向后拢了拢，笑着说：“先生是城里人吧，不常在这里住，这样的穷乡僻壤就成了仙境。”

我认真地对她说：“你看这美丽的山，清澈的水，还有这蓝天、白云、森林，山清水秀人美，哪一样不是仙境才有的？”

她也很认真地回答说：“山里不好种粮食，吃的东西少；山里路不好走，到外地不方便；山里教学质量不好，我们大多不能顺利升学，我初中没毕业就在家务农了。”

我沉吟一下，觉得她说得也有道理。是啊，我们在城里待习惯了，觉得腻味了，就忘了城市给我们创造的一切便利条件，而这些条件正是山里人所向往的。这也正是一种围城现象，山里人想进城，城里人想进山。

再说了，神仙没有七情六欲，不食人间烟火，隐居在这大山里，什么都不需要，当然是可以的；人就不行了，首先考虑的是生存问题，人要追求美好生活，需要便利和舒适。从这个意义上说，这个姑娘待在山里，生活是艰难困苦的，她当然羡慕城里人的生活，想进入城市。

周末了，偶尔到山里散散心，呼吸呼吸新鲜空气，晒晒太阳，觉得是一种享受，但是待的时间长了，生活中遇到的困难和问题就会越来越多，最后还是要回城里的。

山里没有任何娱乐活动。尤其是夜间，天也黑得早，没有电影，没有歌厅，没有咖啡馆，无事可做，只有早点儿睡觉。不过这里满天星斗灿烂，抬头可见。

晚上，我睡得特别早，也特别香，连梦都没有做半个。

每次来山里待几天，我都会出去转转。

大坝沟四面环山，过去出山的山沟古道，随着岁月更迭，雨水冲刷，多处断裂，路边杂草丛生，崎岖难行。但这古道并没有被人们遗忘，游人们又把它“捡”起来，多了份古意和野趣，颇有“深山问童子，言师采药去”的意境。村民可以连着翻十余里的山路，去山外购买生活用品，或进大山深处采野果，打些小猎物，换些钱花。山上除了这古道，还有连接山与山的一条条蜿蜒的羊肠小道，这些小道只有二尺多宽，有的地方平缓，有的地方陡峭。过了一个山，再到一个山口，这个山口两边都是陡峭的高山，中间夹着一条细长的小道，叫一线天，也是个风口，一年四季，这里的风都没停过。荒坡上的野草里，遍布着小小的嫣红的十字花，不知道那细窄的青色的叶子包着的细细的花茎，是怎么把毛茸茸的小花从横七竖八的野草和荆棘里顶出来的。深秋野花盛开的时候，十字花开得最高，最吸引人的眼球。微风里，远一点儿看，十字花在绿浪里一漾一漾，就像夜空里闪烁着的小星星。

我随这里住户的主人进山，吸新鲜空气，叹自然造化之神奇。终于爬到眼前的山顶了，我累得直喘，身上被汗浸湿，便坐在石头上歇息，被炙烤了一天的土地散发出阳光与沃土混合在一起的温热气息。在山头上，回身望那排住房，它们立刻显得渺小，村子里的房子和人都掩在翠绿的山隙间。若遇上雾天，一定是云在树间，青砖绿瓦掩映其中，好似天上人间。又翻了两座山，在杂草深处看到几个房子，这些房子已经破败不堪了，院墙有豁口，墙皮脱落，漏出蚀空的土坯基子，门窗木头朽坏了，玻璃窗也不完整，房顶的瓦不规则地缺损，连门前的柴火都发黑了。我想这一定是个“留守村”，年轻力壮的外出打工，老弱病残的守着老宅，过着自给自足的生活。果不其然，一个老头儿蹒跚着出来了，这个时节穿着黑色土布棉袄，腰间别着一把镰刀。他望着我们，咳嗽着，在房前的屋檐下掐几片旱烟叶子，在手里搓着，往烟锅里捻。我赶忙上前递给他一支香烟，他说：“还是香烟好抽，我那个劲太冲了，抽一口就咳半天。”房子前边有个石碾盘，我们就坐在上边歇息，与老头儿聊了起来。老头儿抱怨这里的路不好走，绕来绕去，娃娃们都出山了，只剩下这些“老家伙”了。我们问：“为啥不搬出去随孩子住，到城里享福？”老人迷茫的眼睛空洞地望着远处，说：“过不惯，天生是山里人的命。”他的烟抽完了，我急忙过去，从口袋里掏出仅剩的大半盒烟，全给了他。他让老伴提了一篮子核桃放到碾盘上，让我们吃。核桃略嫩，但我们还是违心地夸赞它鲜嫩好吃。听了我们的夸赞，老人咧嘴笑笑，用手一指，说这山中到处都是好东西，长满了成材的树，一年四季烧火填坑不用愁，那些杂草里还生长着中药材，还有木耳、核桃、板栗、山楂、银杏。

晚上回来，我累得精疲力竭，匆匆洗了澡，躺在床上，透过明亮的玻璃望着窗外，老人的境况在心里抹不去。半缺的银月从云层中露出脸来，摇曳在树的枝条间，星星在疲倦地眨着眼睛，被月亮的银辉覆盖得恍恍惚惚。几团云在月的周围，半明半暗。夜渐渐深了……

天麻麻亮，眼睛还未睁开的时候，耳朵里就满是悦耳的鸟鸣了，声音就来自后山。在山里，我睡得香甜。周末放假，了无牵挂，没有羁绊，心里空明，窝在被窝里，我在想：它们怎么一年四季唱着同样的歌，没有烦恼，没有忧伤，它们的世界可能没有人间的这些纷纷扰扰。小鸟的鸣唱越来越婉转而清晰，我只好起来去欣赏。直到我拉开窗帘，推开窗户，一缕洒进阳光来，有一种红嘴黄腹的小鸟吸引了我。它在树枝上迅速地上蹿下跳，极其轻盈灵动。我拿出手机，想留下它的美丽，它盯着我，以为我拿了什么武器，对它不怀好意，顽皮地一闪就藏进了绿树深处。我等着它再次出现，可它一直没再出现。几天来，我要谢谢这些小鸟，它们总是这么准时，这么敬业，还有点儿调皮，站在枝头或窗檐，对着窗内迷糊的我不知疲倦地鸣唱。

徜徉在夏日的大坝沟谷，感觉这就是城市的春天，早晚凉，睡觉还要盖被子，只有中午那一会儿热。天格外蓝，云格外白，一阵风吹来，带着凉爽的气息，万籁俱寂，不知名的鸟或远或近，或高或低，欢唱着。人躺在竹椅上，拿一把扇子，饮一壶香茶，清风徐徐，齿间留香，满眼的绿色让眼睛一下子舒服起来，心情一下子平静下来，就会想起“春有百花秋有月，夏有凉风冬有雪。若是心头无闲事，便是人间好时节”。远离了城市的聒噪，逃离了世俗的纷扰，看破了功名利禄，放下了大千世界，大有超凡脱俗、心旷神怡之感。若是有闲情逸致，在郁郁葱葱的草木空隙，种些瓜果菜蔬，栽些白的、粉的、黄的、紫的小花，点缀其中，不更美哉！

不管白天黑夜，充盈你耳朵的，还有门前山溪欢快的流动声。进了大坝沟，溪水由西向东，围着宅院流动。这些源于山涧石缝的小溪清澈见底，一年四季不知疲倦地向山外流淌着，滋润着山，洗涤着尘埃，灌溉着花草。一到夏天，这里就成了人们的乐园。游人玩水濯足，小孩们或穿裤衩，或光着屁股，戏水玩耍。

大坝沟里有两家宾馆，向北边走，还有不少“农家乐”，拿手菜是山溪里的金鳟鱼，山上的土鸡，林子里的山野菜。鱼条条尺把长，味道鲜美，价格不菲。我紧盯着水里很久，眼睛都酸痛了，也没有发现一条巴掌大的鱼，只有像蝌蚪一样的小鱼，贼精地在水里东躲西闪。水边一位孤寂的中年人，穿着迷彩服，戴着遮阳帽，像一个树桩，静静地坐在石头上，一手把着钓竿，一手拿着手机看电视剧，嘴里还一口接一口地吐着烟雾。他的目光不时离开手机屏幕，投向水面上那标着五色的鱼漂，他露出失望的表情，手持竿一抖一抖地晃动，来引诱鱼上钩。我坐在旁边看了一个时辰，唯有那水流不止，偶尔一阵风吹来，荡起水面一圈又一圈涟漪。我能看到几条调皮的小鱼，在石头缝里钻进钻出，去和涟漪嬉戏，但它们太小了，做鱼饵还行。也许这哥们不是为了钓鱼，而是为了放松心情、融于自然而已。

我还是惦记着亲家的烤肉，自烧自烤，原料来源可靠，调味品根据自己的喜好增减，肉鲜味美，再喝两杯葡萄酒，怎一个“爽”字了得。

老历七月初七那天，大坝沟突然多了一些青年男女，原来从这里向上走一段路，有一个谷叫“情人谷”，多好听和诱人的名字。

情人谷原来是这里的一个隐蔽的沟谷，没有几户人家，中间有一条小溪，两坡间有郁郁葱葱的松林，曲径通幽的环境造就了谈情说爱的氛围。四周还散落着一些红顶白墙的漂亮别墅，搭建了两条跨溪索桥，晃晃悠悠，有点“妹妹坐船头，哥哥岸上走”

的氛围。两三个凉亭隐在树荫下，可供人们歇息，晚上还举行篝火晚会，有煽情的活动。

人少山美造就了年轻男女激情燃烧的最佳时刻。空山有感，大地有情，只要有心，何处不是谈情说爱的好地方？我默想着情人谷的意趣，闭目吟诵“银烛秋光冷画屏，轻罗小扇扑流萤。天阶夜色凉如水，坐看牵牛织女星”。只见一对对男女情意绵绵地顺着山路往情人沟漫步，还有一些在漂亮的别墅边闲坐，牵着手说着情话。月亮周围没有一颗星星，孤零零的半个月亮，看着别人的甜蜜，它在想什么呢？我独自慢慢地走着，沿着鹅卵石铺就的小路。

前面一片月季，一枝花的刺把我的手扎出血了，我疼得“哎哟”了一声，但我并不在意，细观花又嗅了嗅。再抬头时，不远处站着一个女孩，她面容姣好，穿着一件白色的长裙，裙摆曳地，手里也拿着一枝花。她站在花丛中，脸也被映成了红色。在这样的场合，我一个老者寻花看花，又遇一女子，真是不合时宜。女孩看到我的窘相，突然轻笑起来，我想她肯定是看到了我手被扎破的狼狈相，我越发不好意思，转身顺着小径远去。

小路上到处是成双成对的人，老的牵手，少的相拥。一对小青年相拥着过来，不知怎么的，女孩似乎恼怒了，男孩便赶紧讨好地在她脸上亲了一口，旁若无人，响声清脆，染黄的头发像要炸开似的。这是最前卫的一代吧？他们还处在热恋的季节。这样的季节对我而言早成过去时了。我独自跑到这远离亲人的地方，也如这半个月亮，孤零零地看别人的温馨和甜蜜。

日落时分，篝火晚会场地上，一对对恋人相依相偎，你侬我侬，自成一道迷人的风景，将情人谷装点得风情万种，分外浪漫。

处暑，夜宿佛坪“农家乐”

有两个同行——顾总和丁律师，约我到佛坪看大熊猫。

从西安到汉中的高铁沿线，风景美丽如画。高铁在桥梁与隧道间飞驰，掠过田地、公路，还有一排排电线杆。远处连绵起伏的山峦如影子一样相随，更高处是那淡淡的蓝天。一块一块田地，翠绿与金黄交错。不远处的公路上上跑着大大小小的车辆，与高铁相比，它们好像在缓慢爬行，窗外闪过高低起伏的民居小楼，生活气息非常浓厚。坐着高铁如乘着快马，徜徉于这大美天地间，身心便会轻轻地飘浮在半空。

出了高铁站，四面高大的群山各具形态，如绿色的帷幔，厚重，密不透风，让你在看到它们的那一刻，心中除了山还是山。它们宛若巨人般携起手来，紧密地相拥，将城镇守卫，将所有的喧嚣都隔绝在外，让人感到踏实、清静。

看到这么多生机勃勃的绿色，旅行的人一扫疲惫，充满了兴致。

我们来到公交站，大巴十分钟一趟。初来乍到，我们人生地不熟，车站的路牌写得非常简单，找不到有用的信息，没有给我们指明方向和路线，我们不敢贸然上车，连着放走了两趟大巴。我们向旁边路过的人打听路线，他们说这是个小县城，就这一趟巴士，从高铁站坐到县城的公交站，再换乘其他车辆，去我们想去的地方。五分钟之后，来了一趟巴士，我们迷茫地上了车，过了不到十分钟，我们便进入了两边大山环绕、中间夹着一条河的县城。这里的道路沿山而建，顺河而行。县城的街道和两旁的建筑都被夹在大山与峡谷之间，这是个名副其实的山城。县城里有不超过五层的现代建筑物，也有古朴的老建筑。这里的房子外墙大多涂成白色，奢华一点的，贴有瓷砖，但大多数是原石质地，有一种天然的质朴，又不免有些简陋。

城外的村镇都坐落于大山之中，三三两两地洒落在山口、山谷或河边，小小的石头土坯房子像火柴盒一般垒起来。平地很少，房子后面是一座又一座大山，脚下是一条条宽的河流或者窄的溪流。

饭馆和门市都在县道的两侧，我们找了四五家饭馆，都卖着同样的特色吃食——菜豆腐、鱼腥草，价格也差不多，没有什么选择的余地。

我们要了一碗山茱萸酒，点了“佛坪三香”、一盘折耳根、一碗菜豆腐，还有炕炕馍。

说起佛坪，都知道是“山茱萸之乡”，一到春天，亮黄色的山茱萸花就漫山遍野，像极了澎湃在山头的波浪。到了佛坪，各种关于山茱萸的特色饮食就扑面而来，首当其冲的就是山茱萸酒。

这是个小店，夫妻俩三十多岁，男的做菜，女的打下手，招呼客人。厨房和餐厅之间隔着一堵矮墙，墙上贴着瓷砖，里面做饭的程序看得清清楚楚。只见那男人将猪里脊肉剁碎成泥，加入鸡蛋搅拌均匀，压成一指厚的肉饼，铺在碗底，用刀切成菱形块，再放入半熟的干豆角、黄花菜、木耳、海带丝等，上锅大火蒸。在这期间，女人拌好了鱼腥草，将它与炕炕馍一起端了上来。

折耳根叶有腥气，俗称鱼腥草，白色的根茎拌上当地的醋，或者干脆什么都不拌，原汁原味地吃。我的老家宁夏中卫也有这种菜，我对这种菜的味道是有记忆的。我拌匀调料，鱼腥草自身的鲜甜，随着枝叶的破碎，开始流淌出来。我夹了一筷子，初入口中，口中弥漫着淡淡的鱼腥味，味蕾的记忆又强烈地涌了上来。我紧接着又吃了两大口，喝了口茱萸酒，有一股浓浓的药味。

男人揭开蒸锅，一股香味冒了出来，“佛坪三香”出锅，在按顺序排列的“三香”肉块上撒上葱花或蒜苗末，浇上高汤。那个女人变魔术似的，顺手端上菜豆腐，不知道她是什么时候做的。白瓷碗中，绿菜在豆腐中，白中有绿，我尝了一口，鲜香好嚼。

佛坪只是一个小县城，交通并不发达，很少看到出租车，公交站是车辆的一个交接点，有几路公交车在这里中转，乘客换乘不同的车辆，去往不同的目的地。

我们大概停留了四十分钟，便上了另一辆进山的大巴，向大熊猫保护区进发。公交车走走停停，道路两边的房檐下站立着等车的旅人，不时有背着背篓的乡民上车下车。也有穿着时髦的裙子的姑娘和野性十足的小伙子上车下车。乡民的脸晒得黑黑的，表情十分平和。时髦的小伙子、姑娘和城里人一样，步履匆忙，急慌慌的。

道路两边的大山从来没有消失过，大山脚下的河流沿着山根断断续续，时大时小。山多，桥也多。桥的类型也多，石桥是通车的，竹桥、木桥和铁索桥是人行的，它们一起横跨河水、溪流的两岸，将大山与房屋、田地连接起来。

此时的地理坐标显示，我们已经进入大熊猫保护区。依然是大山连绵，我们相继经过了几个村子，路旁有小店，我看到了大熊猫保护区的路标指示牌。

大熊猫保护区位于秦岭南坡中段，海拔两千九百米，由北向南延伸，地貌类型复杂，多悬崖深谷，有第四纪古冰川遗迹。

进入景区后走十分钟就到了换乘摆渡车的地方，我步行半小时走了两千米，来到大熊猫馆。这个馆有巨大的玻璃墙，我找了好一会儿，才看到一个大熊猫圆嘟嘟的屁股。它始终朝里面睡着，我没有看到它的正面。

熊猫科普馆倒是建得很漂亮，对熊猫的介绍也很全面，主要展示了熊猫的进化史和生活习性。照片上的熊猫“七仔”超级可爱。我印象最深的还是熊猫喝水喝多了会醉水，“打醉拳”。

再往前步行，穿过一个山，走两千米到金丝猴区，据说里面有几十只金丝猴。我们碰到几个游人，他们正兴奋地讲着刚才在山坡下遇到了金丝猴。我们按照他们指点的方向急忙赶过去，却寻不到金丝猴的踪影。这让我们有点沮丧，到大熊猫馆没有看到大熊猫，到金丝猴区找不到金丝猴，太没有眼福了。

再往前就是熊猫森林酒店，建筑很有特色，像个山洞，里面全是熊猫图案的装饰，住宿价格不菲，每间房不低于五百元。

时间还早，我们也无心住宿，便继续游玩。这个宾馆真是找了个好地方，周边绿水青山，树木高大，溪水宽阔得像条小河，水流湍急，在石头缝里冲来撞去，轰然有声。溪水里的石头大的如房子，更多的是像熊猫一样浑圆的水冲石，石头在水里布阵，水冲击着舌头，扬起一朵朵浪花，或者钻进石头缝隙急射而出。水从大的石头落到小的石头上，形成小瀑布，绕着石头冲击的水流形成许多不规则的旋涡，这真像一群嬉戏的金丝猴。

这里的树也长得高大奇特。走几步，看到一棵古老的铁杉，树皮上爬满皱纹，触摸它斑驳的躯干，切身感受到它有年岁了，可以想象它经历了多少风霜雨雪，才能留下这生命轮回的见证。

下山途中，老天爷变脸了，只见乌云堆叠，随风向山顶扑来，翠绿的青山若隐若现，缥缈如海市蜃楼。

顾总说："糟了，要下雨了，我们赶快下山。"

这山里的天气像娃娃的脸，说变就变。这不，大雨突降，噼里啪啦砸下来，好在我们经常爬山，有经验，装备齐全，每次出门都带着雨衣，这就派上了用场。

这时再抬头看这雨中连绵起伏的大山，一片泼墨般的葱绿，夹杂着雨水的清新。

丁总遗憾地叹息：“这天是雨天，这山是雨山，没法登山顶了！”

我笑着说：“准是云霞仙子被你的虔诚和毅力感动，想把你留下。既来之，则安之！我们找个地方住下。”

出了景区就有人在门口打招呼，有两三拨人先后上来问我们是否住宿，是否吃饭。正值秦岭里边的“农家乐”的黄金时节，人们都在拉客。谈好一家，每人每天一百二十元，包一顿早餐。我们上了他的车，没想到一走又是几千米。

山路不陡，但七拐八拐。在一个三面环山的洼地，眼前豁然开朗，有三座漂亮的农舍掩映在山林里。我们入住的地方只有几户人家，房子依山而建，村民的房子几乎全部建在紧邻大山的道路上，小小的一块平地，上面筑起两层或三层小楼，分成一个个小小的格子房间。房前屋后都是庄稼地和菜园子。这是一个二层院落，红色的瓦屋顶，白色的墙壁，宽敞的院子，登上小楼远眺，四周景色尽收眼底。山上草木郁郁葱葱，生机盎然。一条小溪从两座房子中间缓缓流过，犹如丝带。溪水旁长着茂盛的竹子。房子周围都是水田和竹林。地里长着一行行嫩绿的玉米苗，一尺多高，整齐可爱。院子边有各种花卉，最抢眼的要数鸡冠花，红的、粉的、白的，似天真烂漫的山妞，无忧无虑地笑着，挤满枝头。偶尔会听到一声犬吠，一声鸡鸣。

村庄，无声；时光，无痕。

看着这些田园风景，我的内心是宁静的，却又是不宁静的。

宁静是因为我想到了陶渊明描写的世外桃源，想到了与世隔绝的清静，想到了逃离纷争和压力……不宁静的是因为我知道它的虚幻。

我们三人打了一会儿牌，觉得这么好的时光，闲待着浪费了，就问“农家乐”老板这附近有啥好玩的。老板手挠着脑袋不好意思地说：“我们在这里住习惯了，就是山和水，没啥好看的，但外地来的人都说这里美得很。”

我们出门时，老板提醒，记住六点回来吃饭，不要误了饭点。

我们沿着山路一直朝上走，有山有水，有农舍，悠然漫步，见山路回环，山高谷深，草木茂盛，山路边不时闪现菜园和庄稼地，好一派幽美的山野风光。

我们来到沟底，溪水清澈，石头干净，顾总和丁律师年轻，赤足下水，撩水，玩得十分高兴。他们从这块石头跳到另一块石头上，摇晃着，如蜻蜓点水一样到了对岸。我在大石上静坐，在水中洗面濯足，溪水清凉，毛孔顿开，浮躁尽去。

溪中有小鱼游弋，我们伸手在水里捉鱼，但山里的鱼贼精贼精，总是从指缝间溜走，我们一无所获。

山里时光漫长，但我们的行动节奏很快，一天走了不少地方，看了很多美景，时光不知不觉溜走了，太阳西斜了，袅袅炊烟提醒我们该吃晚饭了。

我们原路返回，山里的太阳也如水里的鱼一样，忽隐忽现。在山上，你还能看见它；下了山，大山高得遮住了太阳，就黑沉沉的，没了光线，只听见脚下有“哗哗”的水响，却看不见溪水。道路两旁幽深黯淡，我们心生怯意，拿出手机，打开手电筒照明。河沟里除了水声，蛙鸣虫吟声起伏，蚊子一群一群飞了过来，我们赶紧加快了脚步。

我们入住的那家“农家乐”终于到了。老板看我们回来得这么晚，有点儿不高兴，说做饭的师傅急着回家。我们不想给别人添麻烦，从餐厅里端来熬好的稀饭和一篮子锅盔，切了两个黄瓜，将青椒剁碎，拌了辣子和醋，草草吃了晚饭。

八点多了，睡觉还早，我们便在二楼凉台纳凉，聊天喝茶。蚊子很多，我们点了蚊香，只见天如墨染，远处漆黑一片，刚才走过的山路隐没在无边的夜色里，四周寂静得只剩下风声，心也跟着进入禅境，渐渐和山林融为一体。

没过多大一会儿就睡了，有点凉，不仅不用开空调，还需要盖好被子。窗外月光清澈，在水声和虫鸣声的伴奏下，我倒头入睡，一夜好梦相随。

清晨，我被悦耳的鸟叫声唤醒，酣睡过后，身心轻松，状态很好。我赞叹这个地方不错。

白露，王顺山听孝的故事

转眼又是九月份了，白露节气去哪个山呢？秦岭有七十二峪，去哪一山哪一峪呢？有人介绍说：“王顺山兼有华山之险、黄山之秀的特点，奇峰耸立，沟谷幽深，森林植被覆盖完好，是国家森林公园，其自然山水和地貌特征与我国名山黄山相似，因而有陕西‘小黄山’的美誉。”

过了蓝田县往山阳方向走，山路两旁都是悬崖峭壁，山如同被斧劈裂了似的，峡谷内沟壑纵横，有些路段是从大山的石头下面穿过去的，十分险峻。驱车到山下，一面石壁上刻着“云横秦岭家何在？雪拥蓝关马不前”。这段历史我知道，公元819年，有“百代文宗”之称的大文豪韩愈反对唐宪宗迎佛骨入宫供养三日，写了一篇《谏迎佛骨表》奏折，触犯圣意，被贬潮州。路过蓝关古道时，大雪纷飞，山高路险，路难行，他写下了这流传千古的名句。可是我又纳闷，蓝关是另一条道，我也穿越过，怎么又在这里出现了？还是那句老话，山不在高，有仙则名，为了打造旅游文化，不免有些粉饰的成分在其中。

思考间，车到了山下的停车场，远远望去，不太晴朗的天空下，群山清晰可见，王顺山葱茏挺拔，很有气势。

景区很大，又坐观光车坐了很久，至少行驶了十千米，路边有竞相开放的各山色花，倒也养眼。

头顶绿树成荫，林间小花灿烂，天空湛蓝得要滴水，云朵干净又漂亮，林中空气清新，踩着松软的落叶漫步林中，对于长期居住在都市的人来说，真是进入了一个天然氧吧！

买了门票，坐了摆渡车，上山走了四千米左右。景区内山秀、水好，植物茂密。一路上，流水声、虫鸣声、 俊美的山峰、蓝天白云，形成了一幅动态的美丽画卷。

正值假期，山道上人满为患，老少都有。年轻人说说笑笑，为健身、娱乐而爬山，更多的老年人带着小孩，是为孝道而来。因为这座山以孝闻名，以孝命名。传说古时有个孝子王顺早年丧父，和母亲一起在深山度日。母亲临死前放心不下儿子，嘱咐儿子要把她葬在高山之巅，以便她时时能看见儿子，也好放心。王顺谨遵母命，把母亲背到山上，可是山上无土，他又用三年时间日复一日地从山下挑土，直到把母亲的坟修成。为纪念王顺的孝行，此山改名为王顺山。走了没多远，果然看到了刻有“天下第一孝山”的大石头。

景区口的台阶边有三三两两的村民坐着，他们手里正摘着野菜：灰条、勺叶、香椿。他们面前放着各种干菜和果子：干萝卜丝、红薯片，红的、黄的、黑的豆子，以及核桃、松子，等等。这些食物一律装在布袋子或塑料袋里，敞着袋口。见游客走过，他们都抬起头，客气地问道：“捎鲜菜吗？地里坡上刚采摘的，果子也是自家的。”望着他们朴素的着装，和蔼可亲的笑容，我心生亲切感。这些勤劳朴实的老乡，守护着家园，一刻都没忘记劳作，总想着养家糊口的事。一点儿野菜、几斤干果和豆子，他们都想着法变成钱，换取更多的生活必需品，自力更生是他们头顶最亮的光环。

我们出发得晚，还没上山已经十点多了，担心到了山上饿肚子，先吃一点儿垫个底。沿途的小商小贩在卖豆腐干、米皮、饼子等小吃。我看到一家“农家乐”，提议先吃一点儿。三人坐下来，我要了一份凉皮，我爱人和小杨各要了一份煎饼，边吃边聊。我问做饭的农妇：“你们这‘农家乐’住一天多少钱？”她一边切菜一边回答：“七十块钱包吃包住。”我心里疑惑：这么便宜？这能赚到钱吗？正琢磨着，我爱人就已经接上话头：“房间有多大？能洗澡吗？”农妇指着身后的三层楼房说：“就在这个楼上，有标准间、三人间，能洗澡。”

看这“农家乐”掩在山沟里，被高山环抱，四周树木葱茏，房后溪水淙淙，我开玩笑说：“住在这里，早晨听鸡鸣起床，上午爬山，看蝴蝶翩翩起舞，下午听着鸟鸣去小溪边垂钓，偶尔打打小麻将，夜晚闻蛙声入睡；吃新鲜的农家野菜，喝甘甜的山泉水，在天然氧吧呼吸清新的空气，懒洋洋地享受阳光浴。”

我还没有说完，小杨就动心了，连声说：“就是！就是！这里太美了，下次我们约好到这里住一段时间。”

我爱人则以实际行动表达了她的赞同，向农妇要了联系方式，说好下次来了，还在这里吃饭住宿。

我们随着人流向上攀登，山路紧挨着溪水，路弯弯曲曲向上延伸，溪水从石壁上源源不断地涌出，跳跃着向下。人往高处走，水往低处流，自然地诠释着人生。我感叹道："山是好山，可叹山路崎岖不平；水是好水，只可惜泉水细小柔弱；景是好景，只是藏在深山无人识。"

孝子祠是山口最大的建筑，围墙边一溜露天摊贩，木头支着简陋的板子，就算是一个柜台，卖一些工艺品。土特产是村民自制的粗糙笨拙的手杖，我拿起一个颜色泛黄的手杖端详，抚摸上边的小疙瘩，问："多少钱？"一位裹着头巾的妇女说："十元。"我掏钱买了一根。

小杨进了孝子祠。她现在热衷于做善事，每次出门准备一大包吃的，给狗带火腿肠，给猫带鸡蛋，给鸟带米粒，看那些小动物争着抢着吃着，她心里甜蜜蜜的。今天遇到孝子祠，她又进去捐了点儿钱，为她的父母祈福。她说："尽孝一定要趁早。"听到这里，我就眼圈一热，我也想母亲了，可惜她老人家去年去世了。我父亲三十多年前就去世了，我对他几乎没有印象了，谈不上想与不想。

脚边流水潺潺，身旁绿树成荫，空气清新凉爽，溪边是一座座孝子雕像。沿着山道，每隔一段就有一个雕像，向路人讲述着关于"孝"的故事，给入山者以孝道方面的熏陶。不时看到年长的老人，站在雕像前给小孩讲故事，比比画画，苦口婆心，可谓用心良苦。

前面的导游在讲解王顺葬母的故事，我们可以在后面借光。

不知不觉中走过了玉女潭、玉女洞、龙虎潭。越往上走越凉快，甚至有些寒意，我身上竟然没有出汗。我多次爬山，每次艰难攀爬半个小时以后都大汗淋漓，这次爬山没有出汗，一是因为阴天凉快，二是因为山高有风，三是因为我爱人走的速度太慢，四是因为孝道故事一直感染着我，让我不由自主地陷入思索和感慨，放慢了前行的速度。

平缓好走的路并不太长，很快就到了山高坡陡的地方，好在景区建了索道。山体直上直下，非常陡峭，有华山之势，我们这个年龄是爬不动了，偷偷懒，上缆车吧。坐在缆车里，只见绿海波涛从脚下涌过，高大的松树忽闪而过，山底的羊肠山道隐约可见，人则小得瞧不清楚了，只有花花绿绿的衣服像一个个小点儿在晃动。缆车从山缝处通过时，能看到悬崖上几处小瀑布飞流直下。从高处俯瞰，漫山遍野的花点缀在苍翠的绿叶之中，风吹着，旗飘着，缆车摇晃着，底下的美景一闪而过，简直有飘飘欲仙的感觉。

出了缆车，才开始真正的爬山。这里的路依山缝，傍溪流，没有修好的石头台阶，全是山民依山形地势蹚出来的“野路子”，有泥路、草甸、石板、溪水沟，很不好走。掉队的人不少，问路的人不少，打退堂鼓的也不少，更多的人还是在相互鼓励：“前边不远就是将军椅，不着急，慢慢爬，来一回不容易，还有一个小时就到了，别回去了后悔！”

一面十余丈的大石耸立在眼前，棵棵青松与之相伴。好友叫道："刃峰到啦！"此石壁立千仞，面如刀削，雄伟壮观，似铁面铮铮的壮汉，似坚不可摧的宝剑，似英勇无敌的战士，庄严、威猛地挺立在万丈悬崖边，千百年来守护着秦岭。

刃峰是王顺山森林公园中的众多奇峰之一，也是我们下缆车后攀登的第一峰。由刃峰到西峰的路非常难走，是一条蜿蜒的山路，山间植被繁多，枝叶茂盛，藤蔓交错，人很难通过。我们只能顺着人工修建的平整的小道走，路很窄，像蛇一样缠绕在山腰。有的地方平缓，有的地方陡峭，许多地方根本无路，需攀崖壁、钻石缝、揪藤蔓，大多时候我们手脚并用。

终于爬到这个山口了，我们来到"观景台"，路边有木头搭制的简易座椅，小小的山头挤满了人，不少人坐在这里吃零食。我也累了，坐在山口歇息，凭栏张望，既有凌空的险峻，亦有青山的俊秀。向南望去，层峦叠嶂，一山更比一山高，山下雾气茫茫，直涌天边。回头往下看，千山万谷尽在脚下，云雾沿着山岭缥缈升腾，青山绿树忽隐忽现，美轮美奂，如诗如画。

休息了好一会儿，又该出发了，前面出现"人"字形岔路口，我们不知道分别通向何方，正犹豫间，过来了一个黑瘦的男人。他看出了我们的疑问，没等我们问话，就开口指路了："两条路都能到山顶，左边的路陡峭，心脏不好的人不能上，右边的路相对平缓好走一些。"我们按照他的指示，上了右边的路。

"将军椅"终于到了，只见山梁上卧着一块汽车大的石头，前低后高，有点像一个带靠背的椅子。传说当年李自成在商洛练兵，被明军发觉后就逃到此山中打游击，悄悄继续招兵买马，积蓄力量。这块巨石就是当年李自成检阅部队坐的地方。

山顶是平坦的草地，介绍牌上写着“高山草甸，海拔两千一百米”。山顶上少了大树，都是竹子和灌木丛，还有密密麻麻的草。石板道消失了，取而代之的是一条弯弯曲曲的黄泥土路。从此地向东北不到一里地，越过一个山头，就是难得一见的千年杜鹃神树。

在这个山顶上观察四周，远山如黛，近山青翠，山头的外围扎了一层木栅栏，里边绕了几圈铁丝网，保护着这株杜鹃神树。听人说，山上高寒，松树一年才长高十厘米，这株杜鹃占地面积达十几平方米，树根好像是两棵白胖的萝卜缠搅在一起。我想这也许是夫妻树，男人是粗的树体，女人便是这藤，树和藤紧紧地缠绕，藤缠树来树缠藤，藤树相缠情意深，相依相偎，永不分离，爱能激活青春。树身矮胖，粗有两围，树干粗壮，像一个伟岸的男子汉，裸露着它宽广的胸膛。那一根根足有大腿粗的枝条，犹如游蛇一般向四周蔓延，已经形成了伞状的华盖。树皮苍老有硬结，树上枝繁叶茂，依稀可以窥见几枝杜鹃花，红艳艳地藏在绿叶之中，好似几个红色的香头在绿色中。唐代著名诗人白居易曾多次写诗赞美杜鹃，其中最著名的就是称赞杜鹃为“花中西施”：“……闲折两枝持在手，细看不似人间有。花中此物似西施……”

千年“神树”，沐风栉雨，多少日月轮回，经历了怎样的沧桑啊！当地人认为它有灵性，如敬神一样敬奉它，到此祈祷。人们在树上挂上五颜六色的彩绸，寄托自己的祈祷、祝福和希望。

我凝视着这棵有“灵”的“神树”，心里也产生了敬畏。它扎根于高山，生长于风雨中，任太阳炙烤，任狂风摧残，傲然而立，如胡杨树生而千年不死，死而千年不倒，倒而千年不朽，它真是一棵“神树”。

高处不胜寒，冷风习习，我冻得够呛，躲到隐蔽的角落，拿出登山包里的一件内衣换上，又加上了外套。待得久了，仍然觉得寒风透过衣服袭击着身体。我爱人说：“走吧，快下山！上面冷，弄不好会感冒的。”

又回到“将军椅”，下山的路也是两条，我们不走回头路，选了比较险的那条路。

这条路太陡，心脏有问题的人真是不能走。尽管做好了相应的心理准备，还是没想过会这么陡，陡得这么长，陡得这么险，陡得让人腿发抖。往下看，悬崖峭壁，万丈深渊，我就有些气短心慌。路上全是沙子、碎石，坡陡路滑，可得小心翼翼，瞅好脚的落地点再挪步。一步踏空，下面便是深不可测的万丈深渊。每个人都小心翼翼，一只手攀着路边的栏杆，一只手拄着登山杖，但还是不断有人踩空，有人滑倒，不断有人发出“哎呀”的叫声，人人捏了一把汗。

我爱人腰不好，年龄大了，平衡感也很差，一路上直抱怨：“这条路走错了，要知道是这样的路，打死我也不会上山。”这下山路，都是两尺宽的山道，蜿蜒盘旋，直上直下，一个台阶比一个台阶落差大，胆小的人几乎不敢向下看，免不了心惊胆战腿发软，心里不禁感叹：如此奇险，果然堪比华山！她双手攀着栏杆，要么侧身，要么倒过身子，一步一步挪着。越往下，越陡峭，有些特别险峻的地方，凌空搭起了铁梯，铁板台阶被踩得闪闪发光。她不停地观察，不停地犹豫，不停地选择，不停地判断，然后小心翼翼地迈步，每一步都是一个艰难的开始。小杨不断地为她打气："郭老师，你真行！你终于越过了这个障碍，你终于克服了恐惧，你越来越行了！"

在我们的鼓励下，她还是咬着牙，继续前行，几百米的路走了两个小时。

一边是鼓励，一边是艰难前行，三个小时后，我们终于来到了索道。我放下了担忧，我爱人如释重负，小杨歇了口气，向她竖起大拇指。

归途中再次路过孝子祠，我不由得回头张望，被里面的袅袅青烟感动：但愿所有人都能在登山赏景的同时领悟其中的意义，能像王顺他们那样善待老人，孝敬父母，将中华民族的传统美德传承和发扬。

秋分，隐士“天堂”白道峪

白道峪，因有“小华山”之称的嘉午台而闻名。西安的户外俱乐部很多，爬山的“驴友”也很多，你是不是一个地道的资深的“驴友”，就看你有没有征服过“小华山”。因为嘉午台西临小峪，东近大峪，南依秦岭，北对少陵，海拔1800余米，主峰岱顶海拔2007米，山高路长道险，不是所有人都能爬得上去，故有“小华山”之称。

下车之后温度骤降，当时我就想把棉衣拿出来穿上，转念一想，走一走就热了，所以就穿着短袖开始了爬山之旅。

清晨，一个人走在铺满落叶的路上，看着树叶从树枝上一片片飘落下来，心绪也随着落叶的飘落而飘落，一种莫名的惆怅和落寞袭上心头。

从白道峪入山，只见林木葱郁，耳畔是鸟鸣流水声，感觉十分惬意。过台沟口，山路较陡的地方多为石阶，非常古朴，行进起来很舒适。

这是一个成熟的季节，那些核桃、板栗得意地昂着高贵的头颅，它们是这条山路上又一道独特的风景线。

欲登嘉午台，必经之地“小梯子”长十余米，数十级石阶凿在悬崖上，崖壁上有铁索，游人须攀索拾级而上。其最险处是“大梯子”，登山需从“破山石”穿过。这“破山石”也叫得很形象，眼前的道路就如同用巨斧劈开的，上山需攀登多处陡峭的石阶。没有路的地方，在崖壁上用窄窄的一块块石板搭设成栈道，在石阶两侧穿上铁链。经过一处叫“龙脊”的地方，没有完整的通道，只够放下一只脚，一侧是贴耳的山石，另一侧就是深不见底的悬崖。“龙脊”一侧，还能清晰地看到古时候在此搭设栈道留下的孔洞。

这里犹如拦路虎，部分人不敢通过就返回了，准备通过的人也要休整一番，吸一口气，如履薄冰般地缓缓通过，丝毫不敢东张西望。

这就是嘉午台被称为“小华山”的原因之一。华山有“斧辟石”，最神奇的莫过于这个“人面石”了，它也叫“回心石”，提醒游人自问是否有胆量继续前行。当你站在其对面凝视时，突然感觉那个“巨人”也在凝视你，有一种很神奇的感觉。

高鹤年在《名山游访记》一书中记述了1903年他在终南山白道峪中嘉午台隐居时的感受:“山势壁峭，上摩穹霄，下临绝涧。耳不闻鸡犬之声，目不睹尘俗之境，独居茅棚，清静异常。”

山高路险，人迹罕至，少有俗人的打扰，这里成了绝佳的修行之地，因此成了佛道两教的名山。

沿途会遇到多处石制建筑。山中就地取材，到处可见用石头垒起来的墙。许多石屋也很有特色，有的是庙宇，有的是清修者的居所。走进去，容易生出恍若隔世之感，它们仿佛自己飞来一般矗立在大山之巅，即使年久失修，也颇具中国传统建筑的韵味。里面通常供奉着神态各异的神像，他们目光澄澈，面容和蔼。

有一处悬崖的一侧，天然形成了一个较为平坦的平台，刻有“神仙场”三个字。相传古时候曾有神仙在山中修炼，常在此打坐、习武。我坐了一会儿，沾一沾仙气，感觉自己已成为一位“小仙”了。

山路太难行了。我们在路上遇到一个挑夫，长长的扁担压在他肩上，两头吊着沉沉的货物，他迈着沉重的步子，走不了三五分钟就歇一次。每次歇脚，他并没有卸下身上的重负，而是将手杖竖直支在砖下，自己倚靠在砖石中，换得片刻的休息。我问他挑了多少，他说一百一十斤，我听了吓了一跳，这还了得，等于背了个人上山。我又问这一趟能挣多少钱，他说一百元，一天两趟。我递给他一支烟，他猛抽两口，一支烟就没了一半。我感叹他太辛苦了，他嘿嘿笑了。

行至午后，到了山腰上，参观了苍松翠柏下被岁月腐蚀的神祇，看完了被地震震开的屋角墙壁，正打算停下来吃点儿东西，便看到那个挑夫蹒跚着上来了，他走到一个正在施工的位置上，静静地卸下了身上的担子。这山上的每一座建筑的材料，只能从山下一点点由人搬运上来，在现代尚且如此，在当初建设它们的年代更不用提了，可以想象当初建设者们的艰辛。设计者在用智慧和信仰表达自己的梦想，工匠用技巧延伸美的时空，他们应当被尊敬；那些在山道上奔忙的运输者，从山下运输的，又何止是一砖一瓦、一钟一鼎、一经一卷，他所担负的分明是人的信念，人的诚实，人的坚强，人的纯朴。

在险峻的山道中有叫卖水果的山民，还有在简陋的小亭子下卖简单的吃食的，当然也有卖矿泉水、速食品的。一瓶矿泉水卖七元钱，过去我嫌贵，骂他们赚黑心钱，今天我的观念变了，买了三瓶。

在这样困难的地方将水和食物运上来，是多么不容易。闲谈中，我得知在险道上卖食物的小贩，很多就住在这山上，他们日常还要种植一些庄稼和蔬菜，他们的生活都靠这座山。我们以为艰险的道路，他们早已习惯了，他们并没有觉得这山给自己带来了困难，相反，他们在这里获得了安宁。只是现在从外边来的人多了，他们才渐渐地将自己种植的瓜果运到游客经过的地方贩卖，提高自己的收入。或许，他们对于生命并没有过多的思考，风风雨雨对他们而言只是天气，他们的心情可能会因阴晴而变化，却没有人把自己的人生投入夕照的颜色里。

白道峪中一路，人们陶醉在山光水色中，无论山势多么陡峭，都有已被踩得坚实的山路可寻，这些路表明常年有人在此行走。

看来这座山并不孤独，它早就是凡人们生活的依靠，人们并没有沉湎于它的灵秀，更看重的是它对生活的支撑。它的幽深则被修行的人所推崇，在他们的宣扬下，这座山才被标榜为“仙山”。传说或许只是为它增色的手段，抑或真的有人曾经发现过仙人们的踪迹，不过在今天纷扰的气氛里，恐怕人们很难闻到“仙味”了。

山里的路，七上八下，你眼看着山顶已在眼前，却不知绕过山岗便是深谷，出了深谷又是山梁，处处体现出道家的辩证法。

待到一行人手脚并用、气喘吁吁地爬上嘉午台峰顶，站定一望，头顶苍穹，脚下千沟万壑，云雾缭绕，如传说中的仙界，故此又叫云山顶。唐代开元九年（721 年），曾在此建兴庆寺，大砖阔瓦，琉璃滴水，这是典型的唐代建筑风格。殿内山墙上部还保存着壁画数幅，完整清晰，是宝贵的艺术珍品。

进入白道峪深处，恰如步入历史隧道，一草一木、一山一石都会写满沧桑的故事。白道峪早就已经成为那些致力于修行的人会聚的中心，很多人在这座山中开悟。

在白道峪的深处，我们经过一座简陋的茅棚，一位五十岁左右的尼姑在此独居已经二十多年了。据了解，这些隐居者愿意在山里度过一生。他们吃得很少，穿得很破，睡的是茅棚，在高山上垦荒，说话不多，留下来的文字更少——也许只有几首诗，一两个“仙方”。他们与时代脱节，却并不与季节脱节；他们弃平原之尘埃，而取高山之烟霞。

山色不同，就此生出不同的景致。终南山这座名山，几个小时下来，你根本不知道自己走了多远，所以爬山的人问路都问：“到山顶还需要多长时间？”很少有人问：“到山顶还有多远？”这就是时间与空间的转换。

如今，仍然有很多隐士来到白道峪中修行，在尘嚣之外，种半亩菜地、几棵果树。他们中大部分人上了年纪，也有毕业于佛学院和名牌大学的年轻人。

从白道峪进山到折回，不是“强驴”，胜似“强驴”，难忘的是路遇的几位隐士、仙姑，虽不知名姓，但追踪访问，受益良多，这正是“白道山峪在召唤，踏破铁鞋不畏险”。

依山而开的石道上，我用清泉洗面，怀着朝圣的心情，前往主峰下的山湾，去拜谒两位三千多年前的圣人。墓碑是青砖砌就的，用白灰勾缝，色泽清爽，青白分明。墓碑正面自上而下阴刻有“有商逸民伯夷叔齐之墓”几个字。一副魏碑体对联分列两边：“满山白薇味压珍馐鱼肉，两堆黄土光高日月星辰。”字体端庄秀丽，笔法遒劲，透着力道。墓碑后面，两堆封土赫然突起，状若馒头。土堆之上草木葳蕤，杂花丛生。这就是声名赫赫的“夷齐双塚”。墓的后方是“清圣祠”，祠内供奉着由著名雕塑家何鄂用玻璃钢雕塑的伯夷叔齐雕像。雕像面容清癯，目光炯炯，神态淡泊，凛凛然望着远方。

一阵秋风吹过，仰头看见阴霾的天空中一片金黄色的银杏叶在空中飞舞，摇曳着动人的身姿，缓缓地落下……好美！当生命陨落的那一瞬，它表现得那样洒脱、从容、优雅。那一刻，我真的好感动，感动于在生命枯竭的刹那，在告别今生的一刻，还用尽力气释放最后的美丽，美得醉人，美得令人心碎……

寒露，流峪捡毛栗子

一场秋雨，一地落叶，又到了落花纷飞、落叶飘零的季节。

我到蓝田三官庙一个朋友的生态园过中秋节。

天气渐渐由热转凉，凉中渗入一丝冷。四季流转，眼看着树上的嫩芽儿长成树叶，树叶由绿变黄，最后潇潇洒洒从树上飘落下来，落在我头顶，沿着发丝滑到手心。我仔细端详着手中的落叶，为它短暂的一生而叹息。忽然一阵风将它吹走了，我焦急地伸手，想抓住它，却只抓着空气，我的视线紧跟着落叶离开的影子，直至它消失得无影无踪。叶子的离开，给我带来了一丝丝伤感。

大家说搞个户外活动。有人提议，活动时间定在中秋节前后，正是板栗成熟的季节。这里离秦岭流峪不远，上秦岭自己动手捡板栗，既可以游山玩水，捡到的板栗还能为自己解馋，同时也体验了一种自力更生的乐趣，可以说是“一箭三雕”的事情。在香甜的板栗味道的诱惑下，这个想法得到了大家的支持。

从三官庙到厚张路走107国道到流峪，全程二十九千米。

天空有些阴郁，褐色的云矮矮地堆积在半空，如晕染不开的浓墨、抽不开的蚕丝，令人压抑。但风灌入车窗，深深地吮吸这不请自来的野性风尘，倒也解闷。

近半小时后，我们一行四人顺利抵达目的地。流峪曾名刘谷，又名留谷，现名流峪。相传汉高祖入武关，兵分二道，一出蓝田，一出此。

秋光正好，天是阴郁的青色，山道边是独属于秋天的斑斓色彩。

小李是当地人，给我们介绍着景点。流峪飞峡地处秦岭古道上风景奇特秀丽的桐家山、秦家山之巅，背靠王顺山，面对流峪寺，南接张家坪。流峪飞峡海拔一千七百八十六米，层峦叠嶂，池湖相连。冬日里的挂天瀑布，飞流结冰，晶莹剔透，级级相连，十分壮观。这是一个保留了原始风貌的自然风景区，有登天门、九百九十九级登天梯、天池、天河瀑布、龙宫瀑布、山神庙等景点。

山谷里很静，山上树木繁茂，不时有清风吹来，柳杉的树梢优雅地摆动几下，只见几片泛黄或微红的树叶袅袅婷婷地从几十米的枝头徐徐飘落。它们东逛西荡了一阵，便懒洋洋地落在谷底的溪水里，顺着水流去周游世界了。这时林间传来一声清脆的鸟叫。通向山上的小径上，落叶随风积聚在坑里，一脚踩上去，发出琴声一样的声响。

远处是无垠的山峦，一眼望不到边际的秋色绚丽而壮观。刚翻上一个山头，就从北方涌来厚重的积雨云，下起了纷纷扬扬的小雨。雨越下越大，没有丝毫停下来的意思，衣裤几乎湿透，登山鞋里也汲着水。我们赶紧各自躲到石檐下撑开伞避雨。今年雨水着实多，下了一个月的雨，网友戏称“西安月雨”。

曾呼风唤雨的云层正要散去，天空渐渐变得澄澈而温柔，但我低估了形势，这是虹彩幞状积雨云，我们将很快领略它那不凡的威力。

中午十一点左右，天空布满阴霾，云层压得极低，仿佛下一刻就会倒灌下来，将太阳光遮得严严实实。可见度很低，现在的情况，确实不再适合前行。看样子，雨一时停不了，我们只好到老乡家躲雨，披着雨衣打着伞，向近处的村庄走去。

不大一会儿就来到了一个农家小院，这是一个坐北朝南的园林式农家小院，三间瓦房静静地卧在一个小山脚下，房子后面是一个山坡，山坡上有许多核桃树、板栗树。核桃早已被摘光，板栗的绿毛球掉在地上，像网球场上散落的绿色小球一样。房子前面是一个百余平方米的长方形院落，院子前面是一块坡地，里面种满了各种各样的蔬菜：小白菜和四季葱绿油油的，辣椒红了，南瓜还在长。这小院的美，这小院的净，这小院的淡雅，让人舒畅。

我们进了院，一位上了年纪的大娘正拿着两个玉米棒子在搓，剥粒，看我们进来，她热情地招呼：“上山逛了？这雨大，进来避一下。”

“是啊，大娘，”小李回答着大娘的问话，“山上的毛栗子熟了，我们来捡毛栗子。

这时从屋里传来大爷的说话声：“是谁啊，老婆子，是不是城里人来买咱家果子啊？”

小李向大娘解释说：“我们捡毛栗子，有好的也可以买一些。”

这时大娘赶紧接话：“我们家的核桃好得很，皮薄好吃。毛栗子五块钱一斤。树上的柿子也快红了，有软的，你们可以挑着吃，不要钱。

正说着，从屋子里面走出来一位老大爷，他拄着拐杖，走路颤颤巍巍的。

老大娘对我们说：“老头子前几年中风，人是活过来了，捡了半条命，但是行走不方便了。我在家做些小买卖，卖些土鸡、土鸡蛋，还有这里的特产花椒，靠这些养活一家人。”

她搀扶着老伴，把他安顿在一个木椅子上坐好。老大爷嘴里叼着个旱烟锅，吧嗒吧嗒吸了几口。老大娘在一边“埋汰”他：“抽抽抽……死过一次了，还抽这催命的东西。”她又回头对我们解释：“生活富裕了，但村里老一辈人还是习惯了省吃俭用，这老头舍不得买烟抽，抽自己种的烟叶子。”

说着，她又去搬梯子，为我们摘软的柿子。小李抢上前去，拿过梯子，靠在柿子树上。这院子里外有三棵柿子树，都结着成串的红艳艳的柿子，院内这一棵柿子树长得更高大，枝条更繁茂，柿子更多。小李在枝条上抓着、捏着、摸着，说柿子大多是硬的，再过半个月来就好了，摸索了好一会儿，才摘了六个相对软些的，我一一接了过来。大娘拿了个柳条篮子，装上柿子，到屋内洗干净，又端了出来。

她递给我们，说：“吃柿子吧，刚下了雨，很干净。你们城里人讲卫生，我又洗了洗，你们就放心地吃吧。”

我急忙接过大娘递来的柿子：“谢谢大娘。”

树上红红的柿子，犹如一个一个红色的小灯笼悬挂在枝头，很喜庆。我捏着软软的柿子吸了一口汁，甜丝丝的，凉凉的，清爽极了。我在想，在各种水果中，也许柿子是最会打扮装饰自己的，红红火火的颜色是这秋天里最动人的色彩。柿子树随处可见，柿子价格又不高，还能做成柿饼保存，真是个好东西。

大娘要给我们去烧开水，我们拿出自己带的保温杯，说这里面有水，装的是好茶和咖啡，不用再烧水了。

我们开始参观他们的院落、房间，与老两口聊了起来。

这座农宅虽然是土房，略有沧桑感，但宽敞，有绿色植物，也有鸡鸭活动，很有生气。家里的家具是木制的，老样子，泛着古色，家电只有一台小的电视机。

我问：“这么大的房子就住你们两个人，儿女和孙子、孙女呢？”老大娘伤感地说：“女儿嫁出去了，儿子搬到山下去了，孙子、孙女都进城了。”

话音未落，老大爷气愤地接过话说：“翅膀硬了，都飞走了，各享各的福去了。”

老大娘不满地瞪他一眼，不买他的账，不爱听这话，对我们说：“别听这个死老头子瞎说，现在外边好，能挣钱，比山里强，我们这疙瘩的人都巴不得自己的能孩子出去，有出息，都像你们城里人一样。”她又回过头来对老伴说，“你的那个心小得像个针尖尖，还能让孩子们都围在你身边，啥都不干，成天围着你转？以后别再说这些‘埋汰’儿女的话了。”

我们看老大娘生老伴的气，有点儿尴尬。老大娘却一点儿也不在乎，接着对我们说：“现在的生活好啊，国家给我们两个老人养老补贴。再说了，儿女有时间回来看看我们老两口，也给钱，也拿东西，孝顺着呢。我们在这里住习惯了，也不愿意出去。这里好啊，安静，有地种，我们不闲着，地里种的粮食和菜够我们吃的了。再说每个季节都有果子卖，樱桃啊，杏子啊，核桃啊，板栗啊，柿子啊……到这里转悠的人多，他们自己摘，给的价钱也不低。我还养了些鸡，也能卖个好价钱。”听到这里，老大爷也附和着说：“还是现在的社会好啊！”

老两口住在山上，种着几亩地庄稼、蔬菜和一些果树，养着鸡，过着自给自足的生活，很安逸，很知足。可我们在城市里，面对灯红酒绿的诱惑，充满了物欲，争权夺利，这山看着那山高，买的房子一个比一个大，开的汽车一个比一个高档，衣服塞满了柜子，还觉得不够用，永远生活在攀比之中，虽然物质上是丰富的，但心里是空虚的。

大爷大娘都这么大年纪了，大爷身体还不好，我们还是要买些东西，感谢他们的热情，对他们也算小小的帮助。我们几个人商量了一下，买了十斤核桃、十斤毛栗子、两斤野花椒、两只大公鸡，过了秤，按市场价给大娘付了三百六十元钱。

雷声早已过去，核桃树叶上的残雨落在门前的石阶上，还在滴滴答答。一阵秋风渐紧，低下头才发现，脚下遍地落叶。

与老两口聊着天，看着可怜的落叶，我突然伤感。这落叶与这对老人何其相似——春天萌发，夏天茂盛，秋天灿烂，冬天归于冷寂落，人的一生何尝不是如此?

我正在冥想，张女士却突然推我一把，说：“别打盹了，雨停了，天气转晴了，该出发了。”我迷迷糊糊地应承着。她不知道我刚才经历的哲学思考。

我们和大爷大娘告别，大娘给我们指了板栗沟的方向。走出这个农家小院的时候，山上的薄雾已经慢慢散开。

时间还早，我们要上山转转，再捡些毛栗子。小李把我们买的东西独自背回停车的地方。

雨后，空气无比清新，湿淋淋的青草、绿叶闪闪发光，山间清朗，别有一番景致。

有微风吹过，整片桦林随风起舞，像一团流动的红云，又像一个巨大的飘动的红丝巾，更像一群秀丽的女子在舞动着水红色的衣袖和裙摆，婀娜多姿，妩媚可人。

坡道上，茂盛的松柏和高过人头的灌木丛密密匝匝。远远望去，山道的石缝中长满了荆棘，下了雨以后，它们好像突然长了一截，新的枝条伸到山道上。没走多远，我们的裤腿就被打湿了，幸好我拿着登山杖在前面开路，我用登山杖打树枝和草，雨水滴滴答答地滚落下来。

这山虽不算大，但沟弯弯绕绕，很长，雨后路滑，加上有堆积的落叶，很不好走。同行的其他三个人没有登山经验，没有拿登山杖，只好就地取材，将树枝折断，拿着临时做的“拐杖”，小心翼翼地走在落叶小道上，速度很慢。有几个路段甚至都没了路，只能巡着树间的空隙往来攀缘。有些竹子和藤蔓长得一人来高，蓬松地铺在地上，我拨开挡在面前的竹丛，走到竹丛深处一探究竟。除了竹叶的沙沙声，自己的喘息声，周围一片寂静。走着走着，眼前突然出现了几棵毛栗子树，心头蓦然升起惊喜。这栗树长在浅山中，很高大，枝繁叶茂，站在树下有遮天蔽日之感。葱绿的树枝上结着许多毛蛋蛋，比网球小，圆圆的，长着绿毛，经过雨水冲刷后分外清洁可人。原来板栗是这个样子，完全颠覆了我以前的认知。以前吃的板栗是赭红色的偏心圆，现在才知道这种果实如同核桃一样，有个绿色的保护壳，这个壳上还长了绿色的毛尖，如同小小的网球，很漂亮。

偶尔能看到地上有那么一两颗板栗，树上的毛栗子太高，想都别想。想着毛栗子被人家捡完，自己今天可能没什么收获，我心里略有失望。

遇到一个下山的村民，他说这是别人捡过的地方，可以再往山里走走看。

虽然山中凉气袭人，但是我们走山路和徒劳的爬树耗费了不少体力，个个大汗淋漓。捡毛栗子的诱惑很大，我们觉得前边肯定有毛栗子树，路途中顾不上歇息，一直往前赶，拐过一个山嘴，一下子闪现出来一片毛栗子树，有十几棵。我的眼睛被点亮了，先拍了几张照片，熟透的板栗从毛茸茸、带细刺的果壳里，探出饱满的褐色果实。

我们弯着腰在地上仔细寻找，一直到被地垄崖坎挡住。

张女士嫌辫子甩在身前碍事，干脆盘到头顶，用头巾包上，扶着树干满山寻找。

树枝上吊了不少绿色的毛蛋蛋，地上还有不少，树高不好上，我们拿登山杖敲打，一边敲一边捡，半个小时就捡了两塑料袋。我看差不多了，对他们说：“收兵吧！”张女士说：“费了这么大的劲，上了这么高的山，遇上这么多毛栗子，再捡一些吧！”老刘和老张也说：“就是就是。”

我劝他们：“这山大，毛栗子也多，可我们的力气小，胃也装不了这么多。俗话说，上山容易下山难。刚才上山，你们也看到了，路不好走，咱们拿的东西多了，下山不方便。再说了，之前买了十斤毛栗子，咱们又捡了这十多斤，够吃了，再多就浪费了。人家山里的农民还等着拿这个换钱呢。”他们几个听了觉得也有道理，大家便一起下山了。

在山上的时间过得很快。山谷刚走一半，暮色就悄悄地把我们围了起来。我看了看表。才下午四点多，怎么黑得这么早呢？太阳要落山，天又变了，阴云四合。冬日白天太短。西天的残阳照在松巅，显得树冠像一片黑色的幕布，暗得密不透风，

临走时，我摘下几片红叶，仔细观察，在阳光下，叶片晶莹剔透，娇艳，火热，让人爱不释手。到了山底往上看，那山峰黑压压的，山道上只有我们几个人在赶路，只能听见树叶掉落的声音和夜鸟归林的喧闹。

就在这时，小李已经把车开到我们跟前了。坐在车上，我剥开毛栗子看个究竟，大多包含三颗板栗居多，也有一两颗的，

最多不会超过六颗。

我们沿着金丝带般的盘山公路向山下走去。路弯弯曲曲，我又想到了那座农家小院的老人，他们的生活也如同这路，坎坎坷坷，充满了艰难困苦，但老人的心灵是坦荡纯净的。

一路上凉风习习，红叶飘动，偶尔也遇到三三两两的游人。回到生态园的小院，已经六点了，院门半掩着，院子里的三棵大核桃树遮住了一院的秋光。

女人们在做饭，男人们在外面喝茶聊天，今天的菜谱里特意加了板栗炖排骨、板栗鸡汤等菜品。

秋风飒飒地吹，满树黄金叶簌簌地响。折扇形的叶子靠近叶柄的地方是浅黄色的，越靠近边缘，颜色越深。叶子的边缘枯了，呈褐色。橡树叶子的背面一条条平行的叶脉清晰可见。

一片红叶落到了我的面前。我捡起来，仔细地打量。它是那么美。摸上去脆而硬，一碰就要断似的。我小心翼翼地把它放进塑料袋里。

面对扑面而来的萧瑟，迎着即将走近的寒冬，这娴静安然的初秋，那份亮丽，那份迷人，都是生命之旅行将走完的最后绽放吧？那是大自然这卷书里最精彩、最令人心疼和最令人爱不释手的一页。

晚霞穿过树隙静静地铺在院落里，我看到光线中有数不清的尘埃在舞动，滚滚而来，又无声无息地消逝。我感觉自己变成了一粒微尘，在橙红色的光中疯狂地舞蹈。

我们几个人坐在石桌前喝茶聊天，桌上摆着月饼、葡萄、梨、苹果、板栗，还有一壶好茶。

姜总的夫人穿着黛青色的旗袍，为我们沏茶追茶。她依旧很美，落叶纷飞中犹如画中人。

我闭上眼，听着虫声唧唧，很有禅意。

天已经完全黑了，屋里还没有开灯，山村没有别的光源，天上的云越来越薄，月色惨白得有些真实，一片空蒙。月亮洒下的清辉从轻轻摇曳的树枝间飘落下来，洒在院落里，铺在地上，如同一层薄薄的雪。风吹着树叶，影子在地上晃来晃去，非常迷幻。

我们四家十个人坐在院内，静静地欣赏着头顶的月亮，聊着天，喝着酒，不知过了多长时间。

这个中秋之夜是有特色的，是我成年进城后第一次在户外赏月。头顶着薄云下的月光，我仿佛回到了儿时在农村老家打稻场上的中秋之夜，那时，在打稻场上，躺在软乎乎的稻草上，旁边燃着艾草驱蚊，孩子们吃着西瓜，听大人闲扯。我最爱听的是孙悟空大闹天宫、牛郎织女相会的故事。今夜，在秀岭生态园内，沐浴着皎洁的月光，脚踏着落叶，手捧着美酒，吃着月饼、水果，哪里忍心离开这人间仙境?

这样的时刻，树叶在风中舞蹈，就像翩翩的蝴蝶，美丽的月光好像能够穿过身体，清洗灵魂，我感觉自己成了一块透明的水晶，浑身通透晶莹起来。

最让人感觉惬意的还是亲朋好友围坐在一起有说有笑，很温馨。女人聊家常，男人喝酒；儿女辈打牌，孙子、孙女在院内追逐，一片欢声笑语。这大概是我这一生中看到的最美丽的夜景了。此情此景，让我的脑海闪出一个词——闲云野鹤。或许，这就是人间的“桃花源”。

霜降，牛背梁的红叶

十月初的秦岭山谷已微寒，深秋的天空碧蓝如洗。经过风霜的层层洗礼，山坡、小径、树林都开始染上了浓浓的秋色。造物主的调色板打开了，先是鹅黄、金黄，再是粉红、橘红，然后是紫红、深红……万山红遍。

我看着大家在朋友圈里发的红叶照片，有圆形的、心形的，叶片明净，如火般燃烧，传递着秋天的浪漫，诱惑着人的眼睛，撩拨着向往美好的心。在农村老家，我最喜欢秋收，喜欢秋高气爽，喜欢果实累累，喜欢层林尽染。特别是秋末初雪来袭时，浅浅的白雪上，落上残存的红叶，那种大红大白，暗合着人生的际遇，视觉对比强烈。

秋风像一位唯美的画师，把山林描绘得五颜六色，唤醒了我心底那份久违的浪漫柔情。人到中年，恰似四季之秋，没了春的躁动，又惧怕冬的来临，难免有一份独属于秋的伤感。

秋天有美景的地方太多，一片金黄的额济纳，红叶醉人的香山，遍布梯田的婺源，尽是剪不断的红的光雾山，但是这些地方离我太远了，就近而言，在秦岭神奇的大山上就有一个赏秋“私藏地”——牛背梁。

我随户外俱乐部去牛背梁看红叶。牛背梁国家森林公园位于陕西省柞水县境内，我们的自驾路线是从包茂高速到柞水的营镇。一路上，秋风送爽，天高云淡，景色秀丽。我们的车在大峡谷中蜿蜒穿行，像一只甲壳虫缓缓蠕动。车比平日多，来山上看红叶的人很多。火红色、金黄色、淡黄色、橙色、绿色……车仿佛行驶在五彩斑斓的调色板上。

我是实实在在地描述了这条公路的秋光、秋色、秋韵，如果你来此地，就会欣赏到不一样的秦岭之美。

我们到了牛背梁国家森林公园。门票是一百一十元。景区门口有小贩售卖加工好的红叶，厚厚的透明塑料薄膜里夹着又大又红的叶片，非常好看。我要买几张，领队给我使了个颜色，抓着我的衣服，将我拽出几步，悄悄对我说：“这一路上到处都是红叶，多得很，为啥要买呢？”我想了想，也是，他说得有道理，便悻悻地走开了，身后传来小贩不断降价求售的声音。

因为心中揣着一个美丽的梦，登山的步伐也就比平日轻快了许多，

牛背梁公园资源丰富，景色优美，集“奇、险、清、幽”于一体，汇“峰、瀑、溪、林”于一地，由羚牛谷山水游憩区、六尺岭峰林景观区、牛背梁高山风光区、铁佛寺宗教文化区四个景区构成。

从游客中心出发，步行五分钟到达检票口，沿途景色秀美

的地方都有好多车辆停留。入山口的路边的溪水潺潺地流着，由于落差大，河床陡峭，河谷中形成了大大小小的潭瀑，奇形怪状的石块散落在河谷中间。公路两旁的山上，一丛丛火红的叶子在阳光下格外耀眼。那红得似火的红叶，在风中摇动，好像无数双手在招手，欢迎游客的到来。

已有游人坐在石块上静静地听流水的声音，静静地听秋风吹过叶子的声音。

水湫池村到牛背梁顶约二十千米，路线太长，徒步太累。我们选择的登山路线是步行游览岭牛谷景区，沿途可观赏峡谷、潭溪、瀑布、古树、古藤等，全程三点七千米；到达岭牛谷服务区（索道下站）后，乘坐索道前往骆驼峰（索道上站），步行游览六尺岭景区，下山前往月亮垭服务区，乘坐园内大巴前往游客中心。

阵阵秋风吹得树上的叶子飘飘扬扬往下落，像翩翩的黄蝴蝶，又像展翅飞翔的黄莺。荒野像铺了一层厚厚的金色地毯，那是秋姑娘为我们铺的，踩上去软绵绵的，好舒服啊！

天，澄澈高远，云朵闲散地徜徉着。

地，异彩纷呈，绚烂的颜色层叠交错。

茂密的树林里，参天大树郁郁葱葱，即将退却的残绿为底色，夹杂着淡淡的黄、紫、红，最耀眼的是松林与枫林树顶披了一层火红。阳光像一缕缕金色的细沙，穿过层层叠叠的枝叶，洒落在草地上。林中的鸟雀在欢快地飞翔着，鸣叫着，潺潺的流水声在为它们伴奏。这里的景色有图有形、有声有色，浑然天成，呈现着纯净的自然本色。

随着山势增高，气温降低，山中隐隐有了一股寒意，同行的朋友禁不住打了个哆嗦。

沿途秋风乍起，枝头红叶如一团团熊熊燃烧的烈焰，远远望去，极为壮观。西风漫卷，终有挣脱了束缚的红叶游离在空中，如旗帜般翻飞。想见红桦的心情格外迫切，路途中顾不上歇息，紧赶着向山顶攀登。虽然山中凉气袭人，但是大家都大汗淋漓。我们上了一溜笔直的台阶，顺着导游手指的方向，眼前突然出现一大片红灿灿，就像一张水红色的毯子在我们眼前铺开。终于来到红叶跟前了，内心的所有渴念立即被触动，倏地就屏住了呼吸。那红色好美，如胭脂，如云霞，柔和、温馨、细腻。这片红色，让人的心里涌起一股融融的柔情和无法说出的爱意。这些红叶，消释了旅途的困顿，让大家的视觉神经瞬间变得异常兴奋。有观赏的，有照相的，有抚摸叶片的，还有偷摘的，团队乱糟糟的。

领队拿着小喇叭跟大家说：“红桦是一种只生长在高寒地带的稀有林木，正是因为偏远，所以才难得一见。不要走远了，在这里活动十分钟。”

我的想法是这世间怎可有如此“尤物”？竟然是一棵树，通体红透，犹如出阁的女子身着一袭红色的款款长裙。

它们都会抱团生长，就像大蒜一样，要么三个一株，要么五个一株，还有八个、十个一株的，甚至是几十个一株，而且粗细高矮相同。这些树，一生相伴，有阳光，一起沐浴；有雨露，一起承泽；有风雨，共同分担，这是何等的缘分与情谊。

我背倚着一棵粗大的红桦，环视着周遭的红桦林，红桦的树皮好薄好薄，如精心制作的纸张，纹路井然，细腻光滑。我轻轻地剥下了一点儿树皮，拿在手里，用五个指头仔细地在上面摩挲着。

一片红叶会让人眼前一亮，我抚摸着红叶，脉络清晰，体态轻盈，每一片都澄澈明净，传递着秋天的浪漫。

原定十分钟，可是已经超过二十分钟了，大家还兴奋地围着桦树林转悠，不愿离开。

领队不停地喊："好景还在后头，三峡六园八瀑十桥三十六潭四十八怪，一处比一处好，一景比一景美。"

这牛背梁的吸引力究竟有多大？大家这才聚拢过来。

我们加快了前行的步伐，走出羚牛谷，天空豁然开朗，湛蓝的天空中飘着一朵一朵白云。牛背梁主景区近在眼前，缓慢上行的牛背梁索道就像带着我们直达天籁胜境的高速列车。

在缆车上，望见漫山遍野的红叶，接地连天，红得显眼，红得灿烂，像火舌一样往上蹿着，染红了群山，染红了碧水，也染红了我们的心，让人心中暖洋洋的。

一山比一山灿烂，一坡比一坡浓艳。穿行其间，像走进五彩缤纷的童话世界，我真羡慕天上的飞鸟，它们可以在高空自由地欣赏这样的景致。

牛背梁就像大师用多彩的画笔画出的一幅巨大的彩色山水画，浓墨重彩地在我们面前展开。深深浅浅的颜色交织在一起，缤纷美丽。它又像一个身着盛装的女子，风姿绰约地站在那里，让你禁不住为她神往，为她心动。

牛背梁的红叶有手掌状、羽毛状、船形状、豆瓣状等二十多种形状，有火红、酒红、褚红、玫瑰红、紫红等十多种颜色。最出彩的就是葫芦峡，关峡相望，潭瀑联珠，壁立万仞，峡秀谷幽，经过上亿年的地质沉积和水流切割旋蚀所形成的高峡瓮谷奇观，堪称一绝。

拾级而上，来到六尺岭，崖壁上凸显陡峭幽深的地层，像亿万卷图书，层层叠叠堆放在一起，随着大峡谷的迂回盘旋，酷似一条纽带，在大地上飘舞。分布其中的石柱、石笋、石林形态各异，错落有致。从这里远眺，奇峰兀立，群山连绵，苍翠峭拔，云遮雾绕，真可谓“山水闲情，此乐何极”。

登高望远，天高云淡，我踩着落叶，却想到了人生如落叶，落叶如人生。

立冬，天竺山遇隐士

立冬时节，一场刺骨的寒风夹杂着冷雨呼啸而来。岁月的脚步太匆匆，转眼间秋已逝去，绿色的生命开始进入漫长的冬眠期。转身与秋日来一场深情的告别吧，挥一挥衣袖，道一句“秋天，再见”，敞开温暖的胸怀，说一声“冬天，你好”。

季节的拐弯处，不知道该穿什么衣服，我待在家里，很少出门。就在这时，一位朋友找到我，说她应一个女性朋友——王老板的邀请，与她共同在山阳县城开一个“留佳龄”健康美容店。这两天开张，要搞个庆典，让我一起去热闹热闹。

我说：“这是你们女人的事，做的是女人脸蛋上的活计，我一个大男人跑去帮不上忙啊。”

“你文笔好，又喜欢摄影，给我们宣传宣传。再说了，有空去山阳转转也好。”她恳求道。

我问：“山阳有啥好玩的？”

她卖着关子说：“你听过这样一句话吗，秦岭最美是商洛，商洛最美在山阳。”

我听着这句话耳熟。为什么会有这个说法呢？因为山阳有个秀色可餐的“西北小武当”。

山阳的地理位置很特殊，它位于秦岭的东南部，陕西的东南角，南与湖北省郧西县毗邻，而山阳的地形也很特殊，用当地朋友的话讲，就是“三山夹两河”。所谓“三山”，指的是北边的流岭、中间的鹘岭、南边的郧岭，它们如三条巨龙横亘山阳南北，“两河”是指金钱河和银花河。历史上，山阳是秦楚两国的交界地带，北通秦晋，南联吴楚。这个位置是战国时期秦楚两国文化的交融地，所以山阳县素有“秦风楚韵”之称。

我欣然接受了邀请。

冬天来了，天气倦怠得很，我迷迷瞪瞪的，起得很晚，一看表，已经八点半了。太阳一直没有露面，像昏聩的君王躲在温柔帐里不出来，它躲在厚厚的“云帐”里，偶尔露脸，也是一副昏昏欲睡的疲态。在这样的天气下，我们开车上高速公路，到蓝田县，入国道，进入山区，在深山峡谷里慢行。到了王顺山，一条山路在大山的阴影里若隐若现。山越来越大，坡越来越陡，峡谷越来越深，海拔越来越高，悄悄看一眼下边的深渊，十个脚指头不由自主地蜷缩了起来，恨不能让它们抓牢大地。

大山比平原敏感，春雨比平原下得早，雪也比平原来得早。入山不久就下起了雨夹雪，据说这是商洛第一场雪。我开玩笑祝福刘总：“瑞雪兆丰年，老天也祝你开的店红火。”她听了，脸上荡漾着自信的微笑。

进入县城后看到地上已经有了薄薄的积雪，雪在浮浮沉沉的落叶上融化，显得街道很脏。这里的秋色只剩下了尾巴。北风夹着雨雪而来，加快了冬的脚步。山色冷清，大地肃穆，百草枯萎，枯黄覆盖着苍茫的大地，浅山处还有卷了边的残存红叶无精打采地挂在树枝上，摇摇欲坠，唯有柿子还坚守阵地，像红灯笼一样挂在枝头。路边的树下飞舞着“黄色蝴蝶”，风寂寂地吹，吹得水瘦山寒，树木只剩下稀疏的秃枝。

我们到得早，王总快人快语，为人豪爽，热情地接待我们吃了中午饭。她说：“活动时间是明天中午。今天下午，我安排司机拉你们去活动活动吧。”我们客随主便，坐车来到了天竺山。步入景区大门，首先看到的便是“天竺山”三个大字，上面是金色的“秦岭最美是商洛”七个大字，它以热情的姿势迎接来自四面八方的游人。

眼前已不见往日的喧嚣，路边除了些耐寒的树，就是五颜六色的杂草，这些色彩染着山坡。残存在枝上的叶子，如泛黄的旧报纸，瑟瑟发抖，一派空旷寥落的景象。

我们时间有限，直接乘坐缆车，下缆车后，步行登山顶，

山道是人工修理过的，不知有多少人攀登过。愈往里面就愈冷，树枝光秃秃的，满山凄冷。山根和浅山还是深秋的景色，深山里却俨然是冬天了。

山顶白茫茫的，不知是雪还是霜，我感觉越走越冷。天空飘起了小雪花，落在地上，瞬间便没了。

天竺山位于秦岭的南坡，是鹘岭很重要的组成部分，在崇山峻岭中显得尤为神秘。这里山峰众多，绵延不绝，奇花异草

比比皆是。古松盘旋在山崖之上，造型各异，山石奇特，姿态不一。这里山清水秀，奇峰林立，便有了“西北小武当”和“西北著名道教圣地名山之王”的美誉。

天竺山主峰有东峰铁钟坪、西峰松树荡、南峰虹池梁和北峰大顶山。我们加快了脚步，急着要去看它的真容，四十分钟后到达了山顶。“置身如在九霄中，万里川原一览空”形象生动地写出了天竺山的壮阔。据说这里最出名的是“天竺云海”。这些山峰之间，终年雾气弥漫，风光旖旎，人们可以欣赏到团团白雾在山腰若隐若现，远观如“水漫金山”，堪称“秦岭奇观”。但今天天气不美，蓝田至山阳的路上雨夹雪，山阳县城秋风扫落叶，天竺山始终戴着个黑压压的帽子。

我们在山上看到双峰观、朝阳峒、云盖观和铁瓦殿四个道观，据说都是在隋唐时期建立的。天竺山自古至今都是修身养性的好地方，还流传着一个传说——

隋唐时期，有个名叫李慧的儒士，少年得志，学识渊博，喜欢星象、仙学和易卜。他到了天竺山上的摩天岭，发现了一个充满仙气的岩洞，便在此虔奉三宝，开始修炼。他每天食松子，饮甘泉，这份虔诚和勤苦修炼打动了吕洞宾和罗公远两位仙人，他们打算考验一下李慧的心性。一日，李慧正潜心静坐，忽听一女子大喊救命。他立即起身出洞查看，只见一女子倒挂在岩头树枝上，一老者无计可施，吓瘫在地。李慧不假思索，直接解下腰带，不遗余力地将女子救了上来。二人向他道谢，女子欲以身相许，李慧拒绝，理由是他是出家之人，早已看破红尘，只想潜心修道。二位神仙见李慧心诚有慧根，现出真身点化他。李慧最终修成大道，得道成仙。从此之后，道教在天竺山越发兴盛。

该下山了，我们不用原路返回，走另外一条路，欣赏不同的风景。

迎面走过来一个背柴火的人，看起来像影视剧里的樵夫。在这里遇到这种形象的人，我觉得很诧异，疑惑地问他：“山里渺无人烟，你是人还是神仙？”他听了哈哈一笑：“非人非仙，我是个隐士，在这里修炼，想达到神仙的境界。”

送我的司机小刘解释道：“这山上有不少僧尼修道，道观香火旺盛，也吸引了一些人到这里隐居。”

据说终南山现有约五千隐士，这些人来自全国各地，甚至还有来自外国的。他们隐居在山里，求学问道，练气养生，在大自然中领悟生命的真谛。我并不知道这些修行人是怎样生活，如何修行的。说句心里话，我也厌倦了城市的生活，但我没有勇气逃到大山里来隐居。我担心的是住哪里，吃什么，没有人陪着太寂寞，冬天冷了如何取暖，病了怎么办？我向往这样的生活，但是做不到。我对这些人是很崇拜的，心里充满了对他们的好奇。今天突然遇到了一个自称隐士的人，而且是在这雨夹雪的天气里，荒无人烟的地方，我要看个究竟。

我坦率地说，我也很喜欢他这样的隐士生活，想看看他生活的地方，与他聊聊天。他欣然应允。我们一行三人随他沿着一条小岔路走了几百米后，看见了一个山洞。他放下柴火，打开一个用竹子捆扎的门，引我们走进山洞里，光线很暗，但是一下子暖和了许多。等适应了里面幽暗的光线，我才看清楚，靠门的西侧有个石头垒的灶头，里面燃着树枝，暖意就是从那里传出来的。灶头连着一个土炕，炕小得只能睡一人。门东边的石壁上挂着几件衣服，地上摆着锅碗瓢盆，真是太简陋了。

门口不时有几片橡树叶子打着卷儿落下枝头，投入大地妈妈的怀抱。

我问："你一个人住这里，基本生活问题都怎么解决？"

"一个人好过，过去不是有这么一句话吗，出门在外，一人吃饱，不想爹娘。"

"粮食和菜从哪来？"

他指着地上的东西说："采些黄精，卖给进山的人，换些粮食。再说这几年我也认识了一些上山的朋友，托他们给我拉点儿粮食上来，我给他们准备些黄精、木耳，他们也很高兴。菜嘛，更简单，这里可种的地多，随便撒点儿籽，白菜、红薯、切莲，还有采的木耳，够吃了。自力更生，粗茶淡饭，这才叫隐士嘛。"他为这种生活方式感到很自豪。

他接着说："其实，也许来终南山隐居修行的人都和我一样，自己动手，简单生活。寻个小山洞，甚至是山壁的裂缝居住，在旁边开垦出一片土地种菜，捡一些木柴烧火做饭煮茶，粮食和衣服一般都是靠附近的村民或者是上山游玩的游客接济的。"

"冬天山上冰天雪地的，很冷啊，你这屋里就这么一点儿被褥，能御寒吗？"

他指着土炕说：“我自己盘了个小炕，连着灶头，暖和得很呢。睡在这上面，热炕烙着后背，百病不生。”

说到这里，我提出了最后一个问题，但这个问题有点儿“咒人”的意思，我难以开口。我拐弯抹角地说：“人吃五谷，难保不生病，有个头疼脑热的，怎么办？”

他嘿嘿一笑说：“刚上山的时候，我也最担心这个问题。那时还偶尔有小感冒，过了几年了，山上的空气好，吃的又是简单的素食，喝的是山上清洁的泉水，我在山上种菜，收拾屋子，也算是体育锻炼，每天还要打坐，身体状况还好。当然我也备了一些治头疼、感冒和腹泻的药。我还是要感谢老祖宗的智慧，有个说法是，北方人会住，南方人会吃。北方人会住，指的是土房土炕火灶，都是天然材料，又接地气，睡在上面暖暖的，烫得五脏六腑舒服。”

这里没有电，几乎与外面的世界隔绝了，很难知道外面发生了什么。这种隐居，一个人待在山洞里，外边世界的声色犬马、灯红酒绿、熙熙攘攘，几乎全没有了，真是不可想象。他却认为这才是真正的隐士的生活，躲避喧嚣，不让外界干扰，不让别人打扰，才能清静自在。

通过交谈，我发现他思路清晰，对答如流。我就纳闷，他为什么会舍得这样一个花花世界，独自来山里过这种离群索居的艰苦生活？我知道绝大部分离开城市入山的人是因为受到了现实生活的打击，失意了，所以想逃离，想清静，来山里修行是为了抚慰自己受伤的心灵。有一部分人状态好转后，会回头下山，重新步入红尘之中。

带着这些疑问，我想弄明白他属于哪一种情况。

交谈后，彼此也不陌生了，话就说开了。我问：“你为什么选择一个人到山里过这种艰苦的生活？是不是受过什么打击或遇到过什么挫折？”

他挠挠头，不好意思地说：“不少人问过我这个问题。怎么说呢，我父母去世得早，我是独子，生活也能过得去，没有什么大的打击。生活中的挫折，人人都有。谈过几次恋爱不成功，也不是我出家的缘由。我从小喜欢神话故事，尤其爱看《西游记》，对修行十分痴迷。随着年龄的增长，涉世的艰难，我越来越想出来修行。我想出家当和尚，也想当道士，去过许多寺庙和道观，可是人家都不收留我。上天无路，入地无门，这个希望破灭了，我又不甘心，到大山里转了两三年，选了这个地方，独自修行。”

“那你在修行中悟到了什么？达到了什么境界？”我问道。

他思考了片刻，很认真地回答我：“年轻的时候，我也思考过，人到底为何而活着？宇宙到底是什么样子？但现在越来越现实了，不是每一个人都能像老子那样洞察宇宙的奥秘，写出《道德经》，也不是每一个修行者都能悟透人生。我现在还是一个俗人。这秦岭里据说有几千名隐士，自古就有，存在即合理。我也是想体验一下这样的境界，过一种与世无争的生活。”

“这里条件太简陋了，生活太艰苦了，你不觉得苦吗？”

“人在这个世界上生活，必需品是阳光、空气及水。从这个角度讲，我这里的条件比城里优越。附属品是房子、食物等，这一点我不如你们。但我追求的是内心世界的充盈，心静了，天地安宁；心大了，天地也广阔了；与世无争了，没有了攀比，就没有对于享受的执着。”

他的这个说法我比较认同。我今年也在山脚下租住过民宅，就是想过他这种生活。我和他的想法一致，但生活方式略有不同，我还要吃好穿好住好。我想离开城市，逃避竞争的压力，逃避喧嚣，像陶渊明那样，寻一处僻静之地，回归自然，清心寡欲，简单生活，看书写作，种菜养花……

如今，终南山已经成为吸引隐士的地方，人们来这里打坐，或者闭关，或者辟谷，修行或养生。每年都有不少人不远千里慕名而来。前几天，有个东北姑娘小辛在“今日头条”平台上看了我在文章中描写的隐士生活，很羡慕，与我联系，立志要来终南山隐居。我苦口婆心地劝她，说了很多问题：终南山虽然环境幽美，但生活条件还是非常艰苦的，住哪里？吃什么？一个姑娘独居，安全如何保证？病了怎么办？我几乎成了“十万个为什么”，她才罢休。

更多人对隐士生活感兴趣和向往，主要是出于“围城”心态。他们只是想出来玩玩，如旅行一样，短期内换个生活方式，找一个清静的地方给心情放个假。

与大多数去西藏洗涤心灵的疗伤者一样，所谓的洗涤也许只能换来心灵的一刻平静，或者说一瞬间的忏悔，最终大多数人还是离不开滚滚红尘。

我也该告别了，下山去参加朋友的庆典，那也是最热闹的红尘片段。

小雪，箭峪岭的雪

入冬，古城的第一场雪迟迟落不下来，可秦岭边缘，不说深处，早已银装素裹。干脆进山，雪不来，我找雪去；景不动，人是活的，我为寻景而来。正好朋友杨先生和金先生，还有杨女士，约了几个女伴，报名参加“深呼吸”俱乐部组织的冬游箭峪岭活动。

起了个大早，坐两个多小时的车，进山经过一山村，映入眼帘的有青砖瓦房，有混凝土浇筑的二到三层小炮楼，更多的是土坯基子砌的黄泥墙房，牛棚、猪圈、鸡窝就搭在院墙的外边。出村的路边有一个土房应该是废弃了，支撑的柱子斜倚在墙上，门楼子摇摇欲坠，墙皮脱落，十分破旧，到跟前甚至能嗅到一点儿霉味。这才是真正的残破美，我拿出手机，拍了几张照片。家家户户门前堆着柴火，房檐下挂着成串的金黄的玉米，厨房门框上挂着火红的辣椒。大山深处，一把柴火就可以使炊烟缭绕，一个玉米棒子就可以熬出一锅糊糊，屋后山上的溪水就可以洗脸、烧水、做饭。

村道边有几棵柿子树，树叶全掉光了，高处的枝上还吊着好多沾满白霜的红柿子，红得耀眼，很馋人。我们用登山杖勾着树枝摘了几个，几个女士捡了这点儿小便宜，脸上露出灿烂的笑容，发出清脆的笑声。

初入山的小道在沟壑悬崖上，右下方是几十米深的坑，若失足落下，非死即伤。我开始变得小心翼翼，左边是杂草乱木，没有什么养眼的景观。

冬天的灰色弥漫在山坡上，树木被掩得失了本色，小道上裸露着光秃秃的黄土，混合着雪水，有点儿泥泞，看着不舒服，走着不爽快。

进了山谷，两面是连绵的大山，中间是一条时隐时现的小溪，乱石点缀其中，有的凸出来，挡住了道路，人要踮着脚尖绕过去或者跨过去，这才感觉它是与山有关的道路，石头嘛，毕竟是山的一部分。山谷里长着一人多高的杂草，密密麻麻的，在夏秋两季一定很好看，举着头上飘逸的白色穗子，头挨着头，交织着，拥挤着，千丝万缕，形成一个“白发魔女”曳的世界，多么妖娆！可是现在，它们脱去了华丽的羽衣，叶子是败絮，黑黑的，一小块一小块向下耷拉着，穗子干瘪。抬眼望去，这残枝败絮却漫山遍野。草丛中，小股的风如贼一般溜进来，在草缝中滑过，草便摇晃起来。偶尔能发现一簇簇红柳，枝条还是红润、光滑、细腻的，它好像没有春夏秋冬的时令，没有生与死的轮回。

这山路哪里是路，满地霜冷，白成一片，杂草丛生，腐叶满地，脱落的干枝横在地上，除了风，静穆得让人怀疑自己走进了另一个世界。

天冷，连阳光都冷，我把手捂在嘴前，呼出一口气，能感受到寒冷是有形的。

一直顺着谷底的山路往上爬，偶尔还会遇到山民。有一个人推着独轮小木车，一个人弓腰用绳子拉着，车轮碾过尘土和厚厚的落叶，咯咯作响。这东西现在只能在影视城的道具里看到了，我赶紧抓拍了一张照片。

人行谷底，越来越深，愈走愈曲折，两边的山峰也更加险峻。山路荒凉，没有人烟，树密枯草高，压根看不清前面的方向。三十多人的爬山队伍，年轻和体力好的往前跑，体质差的拿着登山杖缓缓前行。大山很快淹没了这些人的踪迹，我看不到前边和后边的人。大家沿各户外俱乐部插在树枝上的路标摸索着前进，如果没有路标，就会迷失在这里。

好在有三个领队分前、中、后三个段落领路，他们经验丰富，方向感也极强，总是能准确地寻到小路。还有几个户外俱乐部的登山队留下了一些路标，有的是红飘带，有的是一张名片。

走了约七千米，路虽有一定的起伏，但大致平缓，这属于导游介绍的中强度徒步活动。我已出了一身大汗。在这里，我赶上了杨先生。前面山丘耸立，山腹突兀，有人说从这里开始是九百米高的上升山道，要开始爬坡了。

我拿出手机一看，已经快十二点了，我问多久能登顶，杨先生说也就两个小时吧。我说：“我的体力到极限了，你们往上爬吧，我在这儿休息一会儿就下山了。”

杨先生说：“咱们休息一会儿，吃点儿东西恢复体力，再试试看吧。”

我吃了巧克力、干面包，又啃了个李子和苹果，喝了一罐牛奶。这时金先生和康女士也赶上来了，我又吃了几块他们拿的烧鸡，体力恢复了好多。

我想试一试，那就继续爬吧。上山路比较陡峭，沿着山体转来转去螺旋式上升，个别路段乱石林立，还有些阳面的残雪消融了，很泥泞。我咬着牙，艰难地前行着，一会儿就腿疼腰也疼了。每次拐过一个坡道，天空豁然开朗的时候，我就天真地以为要到顶了，可是始终都看不见任何前队的踪迹，所以只好继续埋头向上爬。路上总是有人给我打气：“再走半小时就到了！”可是我走了两个半小时也没有看到目标。前边拐弯处坐着一个美女，她对着山下一百多米处正在艰难攀爬的一个小伙子喊着：“老公，你快点儿！快点儿到我这里来，你再不上来，我就跟别人走了。”他鼓励老公的话，很幽默。我看那小伙子喘着气，步伐明显加快了，赶了上来。

休息一会儿，又要出发了，我实在走不动了，已经累得上气不接下气。这已经是我爬的第五座山了。和那小伙子一起上来的，还有一个资深“驴友”。他指着上面说道：“大哥，再爬五分钟就到灞河的源泉了，半小时后就到小庙了。看见没？就在山那边。”他用手指着说。

我抱怨着说：“道路真是曲折，绕来绕去也就罢了，还这么陡峭。”说归说，我还是拖着疲惫的身子，拿起登山杖，又艰难地走了起来。上山的路程总是无聊又沉默的，累了就无比焦躁烦闷，身体想要就此放弃，可心里不甘。

走了十分钟，总算到了灞河的源头，陡峭的山峰间，潺潺流水声传来，涓涓细流在石缝里缓缓流淌。旁边立着一块木牌，写着“昔八水润城，今浐灞毓秀”。上面介绍说，箭峪溪水顺流而下，往蓝田玉山清峪流峪之处交汇，由此向南一百五十里，始称霸水。看到这里，我想这涓涓细流，叮叮咚咚，沿途不断融合汇聚，方能成河，人也一样，要不断学习，不断吸收，才能够成长和壮大。爬山也是一样，不积跬步，无以成千里，路是一步一步走出来的，山是一脚一脚登上来的。有人说比山更高的是人的脚步，你能走多远，登多高，取决于你这个人的眼界和高度。

我继续攀爬，过了四十分钟，终于在下午两点钟到了小庙，同行的小杨已经于一个小时前到了这里。

这里由于高，风显得特别大，虽然是正午，阳光烈得很，但寒意不减反增。

小杨得意地说：“你的速度太慢了。”听了这话，我忽而头晕起来，天旋地转，不得不原地休息。我顺势坐在一根倒在地上的枯枝上，雪花被我震得慢悠悠地飘下，落在我头上。我没有说话的力气，懒得回答小杨，也没有力气拂去头上的雪。

杨先生和康女士两人背了大大的旅行包，到了山顶才发现包里边藏着一片天地，先是在草地上铺上了防潮垫，接着掏出了糖、巧克力、水果等食物，更让我意想不到的是他们把厨房也搬来了，有灶有锅。他们在两千三百米高的山顶做面条吃，点火烧锅，放入芝麻油，炒鸡蛋，加汤，下面条，还拌上西红柿、洋葱、韭菜、香菜，不亚于我在家里的厨房做菜。

他们忙着做饭的时候，我放眼望群山。冬天的山，好比在春天舞动过的姑娘，走过繁华的夏季，灿烂的秋季，突然火热不再，掉了粉黛，变成一个素面朝天的老妇，没有一点儿生机，青黑色的山石和枯枝裸露着。那树枝硬邦邦的，没有了光滑的皮肤。地上落满了枯黄的树叶，它们已开始腐烂，融入泥土。地上的杂草蔫蔫的，枯枯的，蜷缩着。万物萧条肃杀。

来时，他们鼓动着："到箭峪岭去寻找冬，比如大雪纷飞、山寒水瘦、寒气逼人、冰天雪地。记得带上冰爪和雪套。"但实际上只能失望，因为这里的雪化了。

导游说前面的箭竹林有大雪，我已经没有体力和精神了，又有一伙人被忽悠着去了。可是半小时回来后，他们手机里面的照片，证明导游说得没错，那是一个银装素裹的世界。

我虽有遗憾，但是觉得我淋过的雨，吹过的风，享受过的阳光，亲吻过的雪花，正在呼吸的空气……天地间凡是亲近、滋润过我的一切美好的事物，都会在我的生命中留下永久的芬芳。我还觉得，即使这冬天的山，也有一种悲壮的美、萧索的美。美，在不同的季节里有不同的体现，带给人的感受也是不同的。

饭做好了，味道还很不错。金先生带了一瓶青稞酒，我们围坐在一起吃饭喝酒。后来山顶上的事情就很"套路化"了，大家纷纷摆姿势拍照，留下纪念。

下了山，看表已是六点二十分，手机计步器显示我走了三万一千零五十步，距离是十九千米。

我一上车就困得靠着车座眯一会儿，等我醒来的时候，车已经进城了。楼一个比一个高，灯一家比一家亮，人也多，很热闹。我在想，这里应有尽有，可以在此避风躲雨，大家进山去干吗呢？其实爬山是帮助人释放压力的一种方式。现代人生活压力很大，爬山能帮人疗愈疲惫的心灵，把一些负面情绪在山里释放掉。我急着回去洗个热水澡，消除肌肉的酸痛，再美美吃一顿，补充一下消耗过多的能量。

大雪，三寺连穿赏冬景

十二月九日，靳先生和小康发起成立的“大喘气一任我行”小分队，开展第一次活动，即三寺连穿赏冬景。这是一条经典路线，从丰裕口进山，爬凤凰山，去净业寺—卧佛寺—黄峪寺。

刚进山，迎接我们的是飞来的片片雪花。我们这一行的目的就是进山赏雪。下雪是好兆头，意味着我们不虚此行。这雪对我们来说就是希望，就是景致。

前面堵车，领队说：“下雪路滑，有些路段封山不允许进入，警察在检查车辆，请大家系好安全带。”正说着，一位警察上了车，问道：“你们进山干什么？”我们齐声说：“进庙，拜菩萨。”没想到这警察也很和善，还很幽默，他看我们穿着冲锋衣，拿着登山杖，穿着登山鞋，背着大大的野外旅行包，就知道我们肯定是登山的“驴友”。他笑着说：“菩萨会保佑善良的人，祝你们一路平安，顺顺利利！山上雪大，山路陡峭，下山时鞋上一定要套上雪爪，一定注意安全。”他还叮嘱了我们雪天行车和登山的注意事项。

他下了车，车门刚一关，大家都在车上感叹："这警察的态度多么暖人心！"

车停在净业寺山下外围的小山门，我还没来得及下车，突然听到小杨一声惊叫："呀！"我到门前，往外一看，路上有冰凌，小杨在路上滑倒了。她有点儿窘迫，不好意思地解释着："我踩到冰上了，滑倒了。"有这前车之鉴，我扶着车门，小心翼翼地走了下来。大家也不敢大意，拿出装备，都在鞋上套上了冰爪。我第一次套着冰爪走路，像穿着高跟鞋。山的入口就是有七个石台阶的山门，有的台阶覆盖着雪，有的台阶结着冰，我有点儿怯。杨教授在后面鼓励着我："套着冰爪，如履平地，你放心地走吧。"我颤巍巍地上了台阶，走了两步，果然很平稳，也就放心大胆地迈开了步子。

人行的窄山道和上山的索道平行，直直地往上，约有七八百个台阶。山顶就是净业寺，寺院有篮球场那么大，前后两排庙。前院是个石板场地，显得很狭小局促。想想也是，这么高的山，能找一块篮球场大小的平地，也真是不容易。古人能在这方寸之地，静下心来，认真修行，地方虽小，心中却有乾坤日月。

从沣峪口的净业寺进入卧佛寺，再穿越黄峪寺，这条路上，白娟梅的分布很广。总体上，进入净业寺的道路比较好，是一条台阶路。爬到敬业寺之后，翻过那个山梁，就到了去卧佛寺的半路上。到了净业寺，基本上也就快到山顶了，而后爬一个大坡，就和黄峪寺这边的路口汇合了。

我们小分队在这里照了第一张合影。不少人已经上来了，排着队在蒲团上跪下来磕头，很虔诚地双手合十祈祷，忏悔自己的过错，消除自己的业障，也算是“净业”吧。

沿着山道往上爬，雪逐渐大了起来，把一切能够覆盖的东西都覆盖起来，脏的、丑的都看不到了，一片素净。这才符合净业寺的境界，天是净的，地是净的，山是净的，群山寂静无声，山里只剩下一种颜色——白。这白是素，是净，是纯……人的心也跟着净了，浮躁不安的情绪突然没了，这银装素裹的世界洗净了周围的一切，也洗净了登山人的身心。

爬了一个多小时，进了深山，登高望远，整个山岭都笼罩在雪中，美丽而又神秘，我们仿佛看到了瑶池仙境。

接下来的路程，我们几乎都是在山梁上的积雪和冰面上跋涉，谁也不敢大意。我小心翼翼地跟在领队后面走。一行人在雪道上十分谨慎，一路安静，只听得见风声呼啸，头顶上雪花飘飘，山里的雪花比城里的雪花更大更白更漂亮，伸手接着它，晶莹剔透，凉飕飕的，瞬间就化了，美好的东西是抓不住的。美好的东西总是在山的高处，山的深处，山的险峻处，雪便有了好归宿。雪花覆盖了山峦，群山银装素裹，如琼楼玉宇。有的雪花喜欢打扮树，便落在了枯枝朽叶上，覆盖了衰老；有的雪花喜欢高处，便落在了山尖上，覆盖了瘦瘦的山脊，山顶的雪总是比别处积得更厚更美；有的雪花喜欢阴凉，洒在了背阴的山坡，久久不愿融化；有的雪花喜欢冰肌玉骨，便落在了幽暗的松枝上，形成了雾凇，吊着冰柱，挂着冰凌，层层叠叠的冰花如早开的梨花，绽放在枝间，形成了另一种美。更美的是，雪积在一串串红果上，白雪和冰凌衬托得红色的果子更加鲜艳，如火一样，可爱极了。

脚下是厚厚的积雪，那么柔软和蓬松，那么素雅和洁白，让人不忍踩踏，可路还是要走的，山还是要登的。仔细听，脚踩在雪面上，有轻微的“沙沙”声，还有冰碴断裂的脆响，路边的积雪下发出“咕咕”的流水声，但就是看不到其踪迹。这时候很少人说话，只有领队不时用对讲机提醒大家注意安全。

在这样的世界里，工作的繁忙，竞争的压力，不平的待遇，人间的冷暖……不知不觉间都放下了。看着素净的世界，我们的眼睛是明快的，脚步是轻快的，身心是轻松的。杨教授和金先生唱起了西北民歌，唱到高音处，他们的嗓子破了，像狼嚎似的吼着。可我们一点儿也不觉得难听，这是发自内心的声音，体现着大山深处西北汉子的粗犷，这是由内而外的释放，是真情的流露，我们鼓掌，齐声叫好。正在这时，突然传来了迪斯科音乐，一个小伙子背着包，包里装着音响，他伴着欢快的音乐超越了我们。他的脚步随着音乐的节奏，摇摆着、蹦跳着爬山，手上还做着狂舞的动作，我十分佩服。我艰难地爬了三个小时，累得筋疲力尽，内衣都被汗水浸透了。我拄着双杖，一步又一步艰难爬行，看他竟然能轻快地跳跃式爬山，怎能不佩服？我脱口而出：“小伙子，你多大了？”他头也不回地说：“二十六了。”金先生感叹道：“他这个年龄也就是刚大学毕业两年，这么年轻，走出城市的灯红酒绿和繁忙的事务，来到深山里，比我们当年强多了。”是啊！的确如此，我在他这个年龄，一心想的是工作和学习，忽视了休闲和娱乐，也很少锻炼身体，老了才觉得惭愧，才觉得把日子过反了，把生活、工作、休闲娱乐和健康之间的关系搞乱了。才五十出头，我就觉得自己已经很沧桑了，体力也不行了，爬山气喘吁吁的，路上遇到几个六七十岁的老头儿，他们都比我强。杨教授告诉我，他上次爬山遇到一个八十一岁的老头儿。我记在心里了，我要向他们学习。

爬过几重山，回头远远看去，留下的是自己的脚印。我为自己长长的脚印而高兴，不知这行脚印能保存多久。人到了一定年龄，回头看，功名利禄也不过是过眼云烟。人家七老八十还能爬山，还有什么能比这更让人羡慕。

我们在山上碰到了很多登山队，有“深呼吸”“探路者”“鹰之队”“大喘气一任我行”等，领队有钢妹、幺妹等众多漂亮妹子，三人一群，五人一伙，结伴成行。人是世界上最独特的风景，你看那一个个美女穿红戴绿，走在雪地上，多么妖娆。有一位看起来四十岁左右的女士，放下大大的旅行包，掏出五颜六色的衣服，不惧寒冷，在山上换了一套又一套，摆了各种各样的姿势，相片照了一张又一张。我最难忘的是，她穿着一套素白的衣服，站在高高的山顶上，脚踏白雪，似踩在云彩上，风吹得衣袂飘飘，她脖子上围着的红围巾似一团火，她尽情地展现着自己的美……这算是活出滋味的人了。

路途遥远，来回十五千米，路上还要赏景、照相、唱歌。这山路好多路段年久失修，乱石林立，悬崖峭壁，稍不注意，一脚踩空，已滑下去好几米，爬得又担心又艰难。我十分努力地保持着和大家相同的速度，以确保随大流走对路，不会误入歧途。

山，不上高峰发现不了它的“庐山真面目”，会觉得没有征服它，有挫折感；上了山，前面有一座更高的山挡着，又一个山口，又一条岔路，诱惑着你，考验着你。人生真是艰难，看来注定要不断地上山下坡，再上坡，再攀登，可前面永远有高峰。从山下朝上边望，山坡上铺满了积雪，如新娘子的婚纱，拖着长长的裙摆，舒展地往下飘着，漂亮极了。这大雪就是天地最好的化妆品，也是最好的营养剂。待到寒冬过去，春姑娘来了，这雪就滋养着枯枝再生，新枝发芽，绿了人间，到时山花烂漫。

到了卧佛寺，快十二点了，杨教授看我太累，提前给我要了一碗油泼面。我摘掉手套，手冻得哆哆嗦嗦拿不住筷子，可这丝毫挡不住我饥肠辘辘的感觉，我张大嘴迅速扒拉着，很快就吃完了。

我抹了把嘴，向南看，雾茫茫的山崖上那灰色的建筑物就是卧佛寺，它依山而筑，巍峨矗立。这寺庙由凌空盘旋在悬崖峭壁上的五层转角楼而得名。道路险峻，看着就发怵，但是既来之，则登之，我硬着头皮，战战兢兢，攀爬而上。过了南天门楼，台阶突陡，需抓扶栏，才能到悬崖顶上。入玉皇楼，如一线天楼洞，有一老年居士从内室出来要求买门票。游完西佛洞，下四层看吕祖洞，再下三层观五佛洞，然后是济公洞，面积虽小，神和佛却多。下到最底层是石佛洞，洞前挂着几条善人赠送的牌匾，洞窟四周还挂了几张宣传牌。四拱石窟中，石佛双目微合，面容慈祥，这是很出名的卧佛，这个寺庙因卧佛而得名。再回到玉皇楼后殿堂，过猛虎石，就到了五菩萨殿。出五菩萨殿，东侧有条石梯路，看到红漆大字“回心仙石”。

刚才吃了饭，力气也上来了，又拜了佛菩萨，精气神也有了，接着又出发了。过了卧佛寺，大部分路都在山顶的梁上，视野开阔，景色更好。雪天的远山雾蒙蒙的，有点远山淡水的感觉。山脉庞大，一条一条静卧在大地上，一山一景，真是让人感到了自然的伟大、人的渺小。山顶上一片莹白，一时间，我们恍若置身于童话世界。看近处，那丛生的杂草中的雪团，泛着玉样的清辉，素雅纯净。金先生一边照相，一边赞叹：“真是一片有一片的景，一枝有一枝的美，一叶有一叶的趣。”

沿着山顶的羊肠小径，越走越深，中间还有一条岔路，杨教授说：“这条路近一点，走的是弓背，陡峭不好走，但也能到上王村。”

走十多里山路，终于爬到了翠微宫这个山口了，能看到沣裕口的国道和上王村的山村了，大家都累了，饿了，找了个“农家乐”，坐在屋子里烤火、歇息、吃饭。我摘掉护膝，活动一下，膝盖处的裤子湿湿的。杨教授介绍说：“黄峪寺村在唐代时为翠微宫，是皇家避暑的一座宫殿，唐太宗李世民驾崩于此，之后改翠微宫为翠微寺，以示纪念。因为有皇家寺院，所以民间将这道峪口称为皇峪，久而久之，皇峪被传为黄峪。”这里曾演绎了多少人间的悲欢离合，如今却被千年的风霜磨灭，再也寻不到皇家夏宫的遗迹，但历史浓缩成的一个地名流传至今。

再往下走就是黄峪寺了，这段登山路也就结束了。

冬至，香积寺祈福

冬天，少了春的生机，夏的火热，秋的灿烂。一个人走在住处到工作单位的路上，天地苍凉，人无端地添了不少愁绪，总想寻觅点儿什么来打动自己，活跃自己。

偶尔翻书，看到王维的诗句“晚年惟好静，万事不关心”，觉得挺符合自己的心境，遂对王维的诗词爱不释手，一口气读下去，深入其中，不能自拔。

王维能跳出世俗纷扰，系情于山水之间，重视自己的禅修。他的诗歌创作不仅融合了自然审美体验，还更为高妙地融入了宗教哲学。

晚年的王维，没事就看看美景，“松风吹解带，山月照弹琴”，与松风、山月为伴。将自己的内心与自然之境融合，将自己所体悟到的美写进诗歌之中。他的诗歌，大多意境悠远，有画意。如《山居秋暝》一诗中“明月松间照，清泉石上流”，令人读后就仿佛看见了松林间的明月，听见了石头上泉水淙淙的声响，让人有身临其境之感。

他在田园村庄“倚杖柴门外，临风听暮蝉”，看“渡头余落日，墟里上孤烟”，或者与朋友喝酒聊天，“复值接舆醉，狂歌五柳前”。由于内心的静寂，他达到了岁月静好的人生状态。

我非常羡慕他，能学习他的心态和生活，却学习不了他的诗歌创作能力。

《过香积寺》一诗，诗中有画，画中有诗，发人深思，具有禅意：“不知香积寺，数里入云峰。古木无人径，深山何处钟。泉声咽危石，日色冷青松。薄暮空潭曲，安禅制毒龙。”我萌发了到那里看看的念头。

早起出发，薄雾一大早就笼罩了整个苍穹。坐地铁先到韦曲，然后坐公交车，沿着环山公路，来到了香积寺。下了车，融入乡村，便能看见香积寺高大的山门。牌楼下都是卖食品和手工艺品的村民，人间烟火味挺浓。

这寺院不收门票，进庙还赠香三支，大家可以不用买香了。

正面的“香积古刹”、后面的“净土祖庭”是由佛教协会原会长赵朴初先生题写的。廊柱挂着楹联，主联为贾平凹所题：“德慧佛心回头好听禅院声，法正自我醒世愿做明眼人。”副联是：“潏水滈河环古刹，佛光慧日耀人天。”

香积寺坐北朝南，地势高，风景秀丽，整个寺院幽而不僻，是全国重点文物保护单位。

来香积寺祈福的人很多，不少香客在上香、祈祷。清早，轻雾在寺院弥漫，与香火共缭绕。

寺庙很清静，正如王维所说，“古木无人径，深山何处钟”。

树荫蔽日，凉意森森。愈往禅堂深处，愈加静穆，静得几乎听得见雪花落地的声音。静修的僧侣，喃喃地念着经文，一脸的虔诚和安详。

融化的雪水从屋脊的瓦檐上滴落下来，冻成下垂的冰凌，晶莹通透。十点多钟，轻风阵阵吹来，迷雾渐散，霎时间开阔明亮

我口诵《心经》：“色即是空，空即是色。”“……诸法空相，不生不灭，不垢不净，不增不减。是故空中无色，无受想行识，无眼耳鼻舌身意，无色声香味触法，无眼界，乃至无意识界，无无明，亦无无明尽，乃至无老死，亦无老死尽。无苦集灭道，无智亦无得。”

王维将这种“无”融入了《终南别业》一诗中：“行到水穷处，坐看云起时。”无悲无喜，不惊不扰，一切都显得从容不迫。又如《鸟鸣涧》一诗中“人闲桂花落，夜静春山空”，人与物似乎产生一种内在联结，达到一种“无我”的艺术境界。

登上台阶，回望寺院，那么寂静，一切都显得既真实又虚幻，又让我想起青原惟信禅师的话：“老僧三十年前未参禅时，见山是山，见水是水。及至后来亲见知识，有个入处，见山不是山，见水不是水。而今得个体歇处，依前见山只是山，见水只是水。”

来到正殿，佛像慈眉善目，菩萨面容安详，似凝望着虚空，又似关注着眼下的信徒，慈航普度。我双手合十，为亲人祈福，一股无形的意念灌注了全身，慈悲心即刻升起。

到了善导舍利塔跟前，有名僧人在转塔，不紧不慢。唐高

宗永隆二年（681 年），净土宗创始人之一善导大师圆寂，弟子怀恽为纪念善导大师的功德，修建了香积寺和供养塔，使香积寺成为中国佛教“净土宗”正式创立后的第一个道场。它颇似西安小雁塔，因为年久失修，塔顶已经毁了。最有意义的是碑廊上的字，“不忘初心”“惠不可妄受，受则当思惠之所自来”，里面蕴含的佛教文化博大精深。

塔后是一个花园，有僧人在专心致志地看书学习，很专注。我静观不动，怕惊扰了他们。

日光照在塔尖积雪上，映出辉煌的光，一只鸟飞过高大的银杏树，还有几只鸟在地上觅食，寺、塔、雪、僧、鸟、树构成了一首诗、一幅画。

风景秀丽的香积寺就位于滈河以西，潏河以北，神禾塬西沿，北接风景秀丽的樊川，过去是文人墨客、达官显贵常去的地方，如今来此祈福的人络绎不绝。

现在到秦岭游玩的人多，走子午大道，过南衡线的时候，都能远远地看见香积寺，人们慕名而来，祈愿国家强大，祈福自己和亲人平安吉祥……

香积寺的银杏树高大、庄严。风声起，钟声响，我伫立在银杏树下默默为新一年祝福。